Concurso InVerso de
Contos e Crônicas 2023

NOVAS LENDAS

in

Editora InVerso

R. Doutor Goulin, 1523 Alto da Glória
CEP 80040-280 Curitiba-PR
(41) 3254-1616 e (41) 3558-8001
editorainverso@editorainverso.com.br
www.editorainverso.com.br
Facebook.com/editorainverso
Instagram @editorainverso

COORDENAÇÃO EDITORIAL / EDITORA
Cristina Jones

REVISÃO
Camila Dias Manoel

ASSESSORIA DO CONCURSO
Kaiara Batista

MOCKUPS
Hellen Fanucchi

CAPA, PROJETO GRÁFICO E DIREÇÃO DE ARTE
Adriane Baldini

DADOS INTERNACIONAIS DE CATALOGAÇÃO NA PUBLICAÇÃO (CIP)
MONA YOUSSEF HAMMOUD – CRB/9ª.1393

B177n

BALDINI, Adriane (org.) **Novas Lendas.** Concurso InVerso de Contos e Crônicas 19 anos. Curitiba: Editora InVerso, 2023
150 p. 15 x 21 cm - PTBR
ISBN: 978-85-5540-346-0

1. Contos e crônicas. 2. Lendas brasileiras. 3. Reconto.
4. Lendas místicas. 5. Lendas urbanas. 6. Lendas sobrenaturais.
7. Lendas originárias. 9. Lendas de horror. 10. Causos. I.Título

CDD: B869.34

CONTOS E CRÔNICAS: B869.34
MÍSTICO: 271.3

CONCURSO INVERSO DE CONTOS E CRÔNICAS 2023
NOVAS LENDAS
CONCURSO INVERSO DE CONTOS E CRÔNICAS 2023
NOVAS LENDAS
CONCURSO INVERSO DE CONTOS E CRÔNICAS 2023
NOVAS LENDAS
CONCURSO INVERSO DE CONTOS E CRÔNICAS 2023
NOVAS LENDAS

APRESENTAÇÃO

A editora completou 19 anos em abril, e, para comemorar, todos os anos lançamos o concurso literário de contos e crônicas. Entre os temas que levantamos, nenhum causou tanto alvoroço quanto este, entre a equipe editorial da Editora Inverso: NOVAS LENDAS. "Como assim, existem lendas *novas*?", "Lendas tipo brasileiras ou as internacionais?", "Conheço alguns causos, mas não sei se são lendas. Será que são?" foram as dúvidas mais pertinentes que ouvimos por aqui. As perguntas também poderiam ter sido feitas por você, leitor, afinal, falar sobre lendas envolve uma grande gama de significados, e claro, poderia gerar dúvidas como essas.

Primeiramente, fomos ao dicionário para entender o que englobava a palavra LENDA; como constou no regulamento do concurso, foi esta a definição encontrada:

LENDA: história, explicação ou fenômenos transmitidos por narrativa oral ou tradição escrita, de fatos verídicos ou inverdades fantásticas ou absurdas, misturando realidade com fantasia, que envolvem a tradição local, e, dependendo de como e a quanto tempo é contada, passaram a fazer parte da cultura.

E qual a sua importância? A lenda explica os fatos que não são entendidos pela ciência ou pela lógica. Sofre alterações ao longo do tempo e, por ser repassada oralmente, recebe a impressão e a interpretação daqueles que a propagam; porém o cerne será sempre o mesmo, como características do personagem, tema central da história, motivações, castigo ou fato a ser aprendido.

Tomando como o exemplo o significado da palavra definido pela autoridade máxima neste assunto, o grande (e saudoso) Câmara Cascudo[1], ele aponta que a lenda também "conserva as quatro características do conto popular: antiguidade, persistência, anonimato e oralidade". Além disso, para ele, características do mundo sobrenatural é parte essencial da lenda, ou seja, aquilo que é além da realidade.

Claro que esses significados são capazes de explodir qualquer mente criativa. Sabe aquela história, ouvida de algum parente mais velho, no fim de uma noite quente na varanda, ou dita entre os amigos, em um clima de mistério em um entardecer? Dependendo da forma como é contada e, ainda, como isso pode te impactar, ela pode sim ser classificada como lenda.

---

1 CASCUDO, Luís da Câmara. Geografia dos mitos brasileiros. 2 ed. Rio de Janeiro: José Olympio; MEC; INL, 1976. (Coleção Documentos Brasileiros, v. 52).

Se observarmos de maneira minuciosa, todos nós sempre teremos alguma história misteriosa, impactante ou abstrata, para contar. Sempre. E o que ela causa sobre os outros é o ápice do *frisson,* ou seja, alguma forma de comoção como o medo, a rejeição, a empatia ou a vibração (ou tudo isso junto) — e aí é que está a graça de contá-la.

Foi pensando nisso que abrimos a possibilidade de os participantes inscreverem suas histórias pela ótica dos mais variados tipos de lendas, como urbana, originária, sobrenatural, ancestral, reconto de lendas antigas nacionais e internacionais e, ainda, causos.

A vigência do concurso foi de 50 dias, tendo início em 17 de abril e fim em 5 de junho de 2023. Chegaram mais de 120 contos e crônicas da maioria dos estados brasileiros e de mais três países, sendo cada um mais aliciante do que outro. Definitivamente, organizar um concurso é maravilhoso devido ao acesso fantástico na mente de cada autor, ver a forma como os personagens sentiam ou agiam, e como eles se relacionam com o mistério, o terror, a história e o descaso. Foram dias de leitura prazerosos, porém a proporção desse sentimento é inversamente proporcional quando temos de escolher apenas um número específico de vencedores. Os critérios usados sempre foram inovação, estrutura e estética narrativa e, claro, originalidade. Então, chegamos aos 19 vencedores, que, definitivamente, foram grandiosos ao darem seus toques pessoais às histórias que encontrarão a seguir. Vocês ficarão embasbacados, assim como todas nós, da Editora InVerso, ficamos.

Ainda, para se ter a ideia de quanto o consumo de lendas está em alta, esse é um dos assuntos que mais movimentam as redes sociais, sendo possível encontrar centenas de vídeos no YouTube e TikTok, além de podcasts que falam sobre causos, narrações verídicas e de ficção — **como os que estão neste livro.**

As histórias a seguir foram apresentadas em uma ordem para instigar do leitor que optar por ler de maneira linear. Porém, como elas são aqui apresentadas em forma de cartas, é possível selecioná-las de maneira aleatória, já que não se complementam entre si — então você poderá escolher qual é a sua preferida.

Relembro a todos que este livro se refere a promoção da cultura brasileira, e que jamais perderá equivalência contra nenhuma outra lenda de outras nacionalidades, tornando o país grandioso —até mesmo na promoção de suas novas lendas.

Excelente leitura.

Adriane Baldini
Jornalista e Diretora de Arte da Editora InVerso

Organizadora do Concurso InVerso de Contos e Crônicas 2023 Novas Lendas

SUMÁRIO

O CASO DO PARQUINHO

A.G. MARKMANN

— A história circula já faz muito tempo. Se perguntar para as pessoas que se formaram aqui uns 20 anos atrás, com certeza vão dizer que conhecem.

Manuela e Thomas estavam sentados embaixo das arquibancadas do ginásio. Era hora do recreio, e os dois alunos do oitavo ano devoravam seus lanches com voracidade.

— Dizem que aconteceu lá pelos anos 70 — ela concluiu —, mas o pessoal lembrou por muito tempo. Quer dizer, lembrava, né? Hoje não se fala mais nisso.

— E como você ficou sabendo?

— A prima da melhor amiga da minha irmã contou pra ela. Pra minha irmã, né? Daí ela me contou. Disse que essa prima estudou aqui também.

Thomas deu uma grande mordida no sanduíche enquanto observava Manuela. Ela tinha sugerido que fossem sentar ali para não chamar atenção de "ninguém que não pudesse ouvir". Segundo a colega, era um assunto proibido nos corredores da escola. Podiam acabar em encrenca, se fossem pegos falando dele.

— Mas eu não entendo — Thomas disse. — Como um aluno ia sumir assim no parquinho sem ninguém perceber?

— Aí é que tá: sempre tem alguém que diz que conhece uma pessoa que viu acontecer. Essa amiga da minha irmã jura que a prima tinha uma colega que viu de longe.

— De longe?

— É. Pouco antes de ele sumir na areia.

— Quem sumiu na areia?

Manuela virou-se, assustada. Júlia tinha se aproximado por trás dela e agora se sentava ao lado dos dois. Eles ficaram mudos.

— Qual é, gente, não sou fofoqueira. Vamos lá, do que vocês tão falando?

— Nada — Thomas disse. — Só uma história boba que a Manu ouviu.

— Não é boba! — ela protestou. — É só que hoje quase ninguém acredita que aconteceu.

— Então me conte.

— Não sei — Manuela hesitou. — Podemos acabar em apuros, se nos pegarem falando.

— Não tem ninguém aqui — Júlia insistiu.

Manuela olhou para Thomas, que respondeu com um olhar de indiferença.

— Tá legal. Mas, se perguntarem, você não ouviu de mim.

— Combinado.

Manuela aprumou-se e recomeçou a história que Thomas tinha acabado de escutar.

— Contam que nos anos 70 um aluno simplesmente desapareceu quando tava brincando no parquinho. O sinal já tinha batido, e ele era o único lá. Talvez atrasado, talvez pensando em matar aula. Não se sabe. Os que juram que viram dizem que é como se o parquinho tivesse engolido o garoto.

— Engolido? — Júlia interrompeu. — Como assim?

— Na época tinha um campinho de areia lá. O pessoal costumava jogar vôlei e as crianças menores cavavam, esse tipo de coisa. Esse aluno tava parado na areia quando de repente afundou. Falam que não foi como a areia movediça dos filmes. É como se ele tivesse sido sugado pra dentro da areia. O parquinho foi interditado por vários dias, e tiraram toda a areia de lá.

— E acharam ele?

— Ele, não. — Manuela encarou Júlia com seriedade. — Mas já ouvi dizer que acharam ossos humanos. Não só de uma pessoa. Várias ossadas. E contam que é por isso que nunca mais colocaram um campinho de areia lá.

Júlia contemplou, muda, o rosto de Manuela.

— Caramba — disse, por fim. — Nunca ouvi falar disso aí. Será que é real?

— Com certeza é uma história interessante — Thomas opinou. — Mas deve ser só uma lenda que começaram a contar muito tempo atrás pra assustar os novatos. Ninguém pode sumir na quadra de areia.

— Você está certo.

Os três pares de olhos viraram-se em direção ao vestiário do ginásio.

— Tia Glaci! — Júlia espantou-se.

A funcionária da equipe de limpeza aproximou-se do trio, o esfregão ainda em mãos.

— Estávamos só comendo longe do tumulto — Manuela tentou justificar. — As crianças ficam correndo no pátio e enchendo o saco, e nós...

— Fique tranquila, garota — a faxineira disse. — Ouvi a conversa de vocês. Não tem problema. Só acho que tá na hora de alguém saber da verdade.

— Da verdade? — Thomas levantou a voz. — Então teve mesmo um aluno que sumiu?

— Sim, mas não do jeito que vocês acham.

No instante seguinte, os três estavam sentados na arquibancada mais alta ao lado de Tia Glaci.

— A história da areia é mentira então, né? — Manuela perguntou.

— Tem um fundo de verdade — a faxineira revelou. — Não é como todo mundo diz que é, mas tem a ver com o campinho de areia.

O olhar dela fixou-se em um ponto ao longe enquanto os três alunos a observavam sem piscar.

— Aconteceu em 1979. Um aluno do último ano era apaixonado por uma garota mais nova daqui. Ela também gostava muito dele, e sempre se encontravam no intervalo. O problema é que ela namorava um ex-aluno que tinha se formado um ano antes. Um tipo encrenqueiro e mulherengo, bastante ciumento.

— Vish — Manuela sussurrou.

— Como era de esperar, esse ex-aluno não ficou nada feliz quando descobriu a proximidade que os dois tavam desenvolvendo. O aluno do último ano e a garota tinham começado a passar tempo juntos na escola depois da aula. Era o lugar ideal, porque estavam longe do alcance do namorado ciumento. Só que numa véspera de feriadão, quando todos os outros alunos já tinham ido embora, ele veio até aqui.

— E ele encontrou os dois juntos? — Júlia perguntou.

— Sim. Estavam no parquinho, sentados no gira-gira. Quando os dois viram ele chegar, tentaram se explicar, mas ele não quis saber. Partiu logo pra cima do aluno do último ano e derrubou ele com um soco no nariz. A garota berrou e tentou segurar ele pelo braço, mas o namorado era mais forte. Quando viu, ele já tava chutando o outro no estômago. Não deu nem chance de ele levantar, sendo arrastado pra gangorra. O garoto do último ano ainda tentou pedir desculpas, mas o outro desceu a gangorra com força na cabeça dele. E depois de novo. E de novo.

— E a garota não conseguiu fazer nada? — Thomas balbuciou, o olhar atônito.

— Quando a cabeça do garoto rachou como um melão, ela saiu correndo e gritando por ajuda. Não tinha mais ninguém na escola àquela hora. Só foram achar o corpo do aluno quatro dias depois, quando o feriadão acabou. As crianças tavam brincando no campinho de areia e acharam alguns dentes. A polícia teve que tirar toda a areia pra recuperar o cadáver.

O silêncio voltou a dominar o ginásio. Os três adolescentes mal ousavam respirar. Tomando coragem, Manuela por fim perguntou:

— Mas, Tia Glaci, como você sabe disso tudo?

A faxineira respirou fundo e encarou-a nos olhos.

— Eu era a garota.

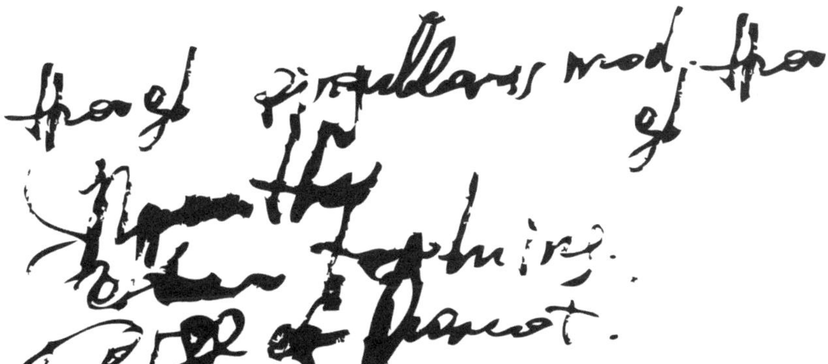

A LENDA DO POLEGAR

Luka Kalu

Passava as férias no sítio de meu finado avô.

Havia pequenas propriedades rurais, circunvizinhas, cujos proprietários se ajudavam e viviam como irmãos.

Era Quaresma, um clima de densa religiosidade envolvia-nos, levando-nos a comer apenas o que não era contaminado, embora descrente.

Compadres e comadres reuniram-se conosco à luz da fogueira, testemunha das maldições daqueles que ousassem desafiar a santidade da Quaresma.

Contaram sobre o Gandorfo, isolado no Alto dos Bambuzais, seguindo a trilha, mata adentro, uns 2 quilômetros. Homem ermitão de décadas, frequentou o baile na Sexta-Feira Maior, sexta-feira de Quaresma. Sofreria da maldição.

Com 16 anos de idade, eu não podia crer que ainda existissem pessoas tão místicas no século XXI.

Estava certo, contudo eu não deixaria de visitar o tal homem e compreender a origem da crendice.

Disse a todos que despertaria cedo para pescar, assim meus avós não desconfiariam. Difícil foi levantar mais cedo que eles.

Cheguei ao ponto da mata onde iniciava a trilha. A prudência pediu para o sol nascer. Havia levado lanterna, contudo; somente quando os pássaros começaram a algazarra, notei a antiga placa de madeira carcomida com dizeres se apagando pelo poder do tempo. Coberta de trepadeiras e musgos, que viram nela um lar, era possível ler:

Não siga. Caminho do Polegar.

Estava disposto a conhecer o misterioso Gandorfo, descobrir o motivo do refúgio dele, compreender o modo de vida e as crenças dele.

A travessia seria perigosa porque a mata era fechada e minha desconhecida.

Havia ossos espalhados em diversos pontos. Seriam de animais? Provavelmente, moradores abatiam bois e porcos, talvez atirassem os ossos por ali.

De repente, escorreguei, caí num poço profundo. Despertei do desmaio não sei de quanto tempo. O lugar era escuro, a luz suficiente para identificar sapos, rãs, lacraias e duas cobras. Sujei-me no sangue de batráquios esmagados na queda. Felizmente, as serpentes estavam quietas em seus cantos. Nas paredes úmidas, raízes e tocas de bichos. Usei-as como instrumentos para a escalada. Um susto, apenas. Segui meu destino.

Um aviso?

A trilha terminou diante um casebre, tijolos à vista, fumaça da chaminé. Aves de plumagem preta sobrevoavam o local, tomado pelo frio e pela neblina.

Tentei não fazer barulho. Não havia cães que pudessem alarmar. A que espécie pertenceriam as aves? Não eram urubus, não eram anus, não eram pássaros pretos. Corvos? Se o fossem, viveriam fora do habitat deles.

Rodeei o casebre, vagamente.

Havia duas janelas, madeira sofrida. Busquei por frestas que dessem acesso.

Um silvo, seguido de um sonido, como a da araponga.

Olhei para o alto, aves sobrevoavam a cena.

No chão, chamou-me atenção uma procissão de saúvas. Não iam e vinham. Apenas iam. Iam aos milhares delas. De onde viriam tantas? Não transportavam folhas.

Eu deveria agir rápido. Se não chegasse no almoço, meus avós ficariam aflitos.

Bati palmas: "Ó, de casa!"

O silêncio respondeu.

Dei um grito, assustado. O homem a todo tempo me observava, camuflado numa árvore. Estava imundo.

"É o Senhor Gandorfo?"

Não respondeu.

Tentei me aproximar lentamente dele; aparentemente, não se opusera à minha presença. O olhar dele era vago, como que desorientado no tempo e no espaço.

O som, como o da araponga, arrepiou-me a alma; num tropeço, caí com os olhos sobre as formigas, corriam cada vez mais rápido.

Outro silvo. Um vulto negro e vermelho paralisou-me por instantes.

As formigas, o que era aquilo? Velozes como uma esteira.

O homem encarou-me, olhos e boca abertos, foi levantando vagamente os braços nus.

"Posso falar com o senhor?"

Os pássaros foram até ele. Alguns pousaram no ombro dele.

Sonidos da araponga mais intensos.

Quando finalmente o homem ergueu os braços, vi elevações em suas axilas. Eram como polegares, sim, grandes polegares.

"Que são essas coisas, senhor?"

Uma das aves, a maior delas, pousou sobre a cabeça daquele homem.

"As feridas!" — O grito estridente dela cortou os céus ao mesmo tempo que uma forte ventania se formou naquele lugar. Um remoinho vinha da chaminé do casebre e sugava a trilha das formigas, incorporando-as nele, num tom rubro-metálico.

O homem começou a dar passos em minha direção, braços erguidos.

De fato, eram polegares aquilo que se movia nas suas axilas.

Anomalia?

As aves passaram a lhe sobrevoar a cabeça.

Lancei meu olhar no estranho remoinho. A trilha de formigas havia sido sugada.

O homem, agora, aproximava-se, ao som de estampidos da araponga, silvos e do vento opressor das árvores.

Fugi para a trilha. Corria com toda a força.

Ofegante, pensei na morte, até alcançar o começo de tudo.

"Não siga. Caminho do Polegar".

Meus braços, rotos e arranhados por espinhos e arbustos.

Uma forte coceira tomava conta do meu corpo, concentrando-se nas minhas axilas.

Ninguém me seguiu.

UM PROBLEMA DOMÉSTICO

Marcos Morelli

— Pegue um balde e um espeto — ordenou o pai.

Não foi um berro. Mas um sinal de alerta. Um adulto sabe sinalizar urgências. O tom diferente na voz, a velocidade da fala, tudo exige uma atenção imediata.

O silêncio da casa, rompido pela frase, chegou aos ouvidos do garoto, no quarto, enquanto folheava um gibi.

O menino levantou-se da cama e notou o movimento esquisito naquela hora da noite. Colocou a cabeça para fora do cômodo. Da porta, notou a luz acesa.

Saiu da atmosfera claustrofóbica que antecede o sono. Foi até o banheiro. Viu o pai segurando a tampa do vaso sanitário com o peso do corpo, impedindo a fuga daquilo que surgiu nas profundezas do esgoto.

O barulho vindo da pequena quantidade de água parecia o de um bicho selvagem.

O menino não perguntou nada. Capturou o Zeitgeist da cena. Tentou não se assustar com o que via. Queria demonstrar alguma dose de bom senso, ultrapassar a fina barreira da fase infantil em que ainda se encontrava aos 11 anos e ser alçado à categoria "jovem adulto" naquele exato momento. Em sua breve concepção sobre a vida, o pai notaria a tranquilidade dele e nas próximas oportunidades atribuiria ao garoto outras tarefas, mais árduas até. Um típico acordo velado no mundo masculino.

Na noite do 27 de junho, com a neblina rasa tomando as ruas, o filho enfrentou a penumbra do corredor que conduzia à garagem. Foram 32 passos curtos ao todo. Usava uma bermuda, chinelo de dedo e uma camisa de pijama com manga longa. Não sentia frio. Em situações assim, o corpo reage de uma forma diferente. Não faria aquele mesmo trajeto de madrugada e muito menos se estivesse sozinho em casa. Mas o pai não precisaria saber dessas fraquezas. É o tipo de detalhe que não deve ser contado.

No quintal, achou o que procurava. Avistou a caixa de papelão em cima do velho armário amarelo. Usou uma mala de ferramentas como apoio para ganhar altura e alcançar os espetos. Optou pelo maior e com aspecto mais resistente. Desceu com cuidado. Mirou a ponta do objeto. Parecia perigoso. Em dias normais não teria autorização para nem sequer segurá-lo nas mãos.

No retorno, parou na área de serviço. Dentro do tanque, pegou o recipiente azul e tirou as cuecas de molho no sabão em pó. Apertou as peças com força até que a última gota caísse do tecido de algodão. Deixou-as ali, perto da embalagem de desinfetante. Jogou o líquido no ralo.

Retornou ao banheiro. Contou 21 passos. O pai continuava na posição de ataque. Por alguns segundos, observou o homem e sentiu orgulho. Com ele ali, tinha certeza de que estaria seguro, mesmo naquela situação. Sabia que demoraria muito tempo até alcançar aquele nível de força. Algumas décadas talvez. Mas construiria ao redor de si uma fortaleza de símbolos e frases para sempre poder aparentar tranquilidade. O homem não exalava dúvidas. Apenas queria terminar logo a tarefa complexa.

O relógio marcava 23 horas e 54 minutos.

Dificilmente dormiria em paz.

Aquilo que se debatia na água continuava a emitir espasmos de desespero, antevendo o massacre que ocorreria a seguir. Não havia saída.

O garoto entregou os objetos ao pai, conforme solicitado. Afastou-se. Engoliu uma saliva seca. Por mais que não demonstrasse preocupação, sentia o arrepio invadir as partes baixas do ventre.

E então o show de horrores começou.

O homem abriu uma fresta e enfiou com precisão o pedaço de ferro, o mesmo onde assava linguiças aos domingos, no monstro que se debatia na louça branca. O sangue espirrou, manchando a parte interna da tampa do vaso sanitário e um pouco do piso. Um líquido vivo e quente.

O berro agonizante ecoou pelos azulejos marrons, igual ao de uma criança sendo rasgada, indefesa. A ratazana, já atravessada pelo espeto na cabeça, mostrava os dentes afiados aos dois. Nos olhos, uma raiva universal. Demorou para dar o último suspiro. Ela se mexia na água tentando se defender do ataque. O banheiro exigiria uma boa dose de paciência para ser limpo e higienizado com cuidado.

O pai voltou a segurar a tampa do vaso com o próprio peso enquanto dava golpes mortais contra o corpo do bicho. No pior cenário, ela pularia dali e correria pela casa esfregando aquele bigode grosso pelas paredes e frestas. Até onde correria com o corpo já debilitado? Subiria em cima da cama? Entraria embaixo do carro? Seria uma tragédia ter uma ratazana ferida escondida em algum cômodo.

Com ainda mais força, o homem bateu na cabeça, atingiu os olhos e fez novos furos no animal. Até que a baderna cessou. Em uma última manobra, ele enfiou novamente o objeto pontiagudo no corpo da ratazana e a jogou no balde. Tirou o espeto ensanguentado das entranhas do bicho, causando uma repulsa imediata no garoto. O peso da carne morta com um longo rabo mobilizou a atenção dos dois. Ela mal cabia naquele recipiente, parecia bem maior que um gato ou um cachorro de apartamento.

Coisas estranhas aconteciam naquela casa. Mas até 1999 ninguém falava abertamente sobre isso.

PRINCESA DO GOSPEL

Cupertino Freitas

Às 9h30 em ponto, a orquestra começou a tocar a introdução da primeira música. Linda, num longo branco com detalhes prateados, Angelita Lázaro surgiu e começou a cantar uma música que falava de vitória e esperança, levando a plateia ao delírio. Era o lançamento de seu terceiro álbum, o evento gospel mais esperado do ano. O vozeirão da cantora dando vida a músicas de louvor belíssimas, seu carisma e beleza garantiram a venda antecipada de todos os ingressos. Seiscentos e sessenta e seis pessoas estavam no Teatro São José quando começou o espetáculo.

— Eu planejei essa noite com cuidado e carinho tremendos para que tudo desse certo — disse Angelita, entre a primeira e a segunda música. — Queria o teatro assim como está, lotado. Glória a Deus pela casa repleta de gente maravilhosa e abençoada. Aleluia!

Depois de algumas músicas, sempre acompanhadas de muitos aplausos, Angelita fez uma pausa para trocar de roupa. Eram 10h15 da noite. No camarim, a expressão de enlevo foi substituída por um ar severo, era chegada a hora do acerto de contas.

***

Abatimento, tremedeira, palpitação, tontura, um tique nervoso que lhe custou feridas no escalpo. E do nada começou a definhar. Não havia indícios de doenças, os exames mostravam que Angelita estava bem. Era psicológico, concluiu o médico. Ela resolveu ver um psiquiatra, tinha que tomar algum remédio para a ansiedade, vinha de uma relação abusiva com o namorado bandido, que usava seus quiosques na praia como pontos de venda de cocaína. A carreira, desde que deixou a banda de forró eletrônico, era uma sucessão de fracassos. Gastara uma fortuna e, apesar da bela voz e bom domínio de palco, não havia se firmado como cantora solo.

Angelita comprou, mas não chegou a tomar o remédio; os efeitos colaterais aterrorizaram-na. Resolveu ligar para a amiga evangélica que a tinha convidado para irem a um culto de libertação numa igreja do Centro onde por muito tempo funcionou um cine pornô.

Durante o culto, notou que o pastor, de cima do púlpito, olhava para ela com uma expressão estranha. Ficou incomodada. Ao fim da reunião, ele a chamou:

— Você tem um espírito opressor.

O pastor ofereceu-se para fazer uma oração de libertação. Impôs as mãos em sua cabeça e ordenou que o demônio parasse de importuná-la. A resposta foi lacônica:

— Somos muitos e não vamos embora daqui.

Angelita sentiu uma aflição terrível e começou a gritar. O pastor cessou a oração e pediu que ela e sua amiga voltassem no dia seguinte; precisava da ajuda de um colega e de outros membros da igreja para concluir o exorcismo.

Angelita despediu-se da amiga e correu para o carro para fugir da neblina. Assim que deu a partida, começou o aguaceiro. Minutos depois, viu-se no meio de um alagamento, qualquer chuvinha deixava aquela avenida intransitável. Acelerou e começou a passar, mas o carro boiou e ela perdeu o controle da direção. O veículo caiu num redemoinho e imergiu. A água foi entrando, junto com ratos e lixo. Em desespero, clamou:

— Se são tantos em mim, me salvem, eu cumpro o que mandarem eu fazer.

O carro foi cuspido do funil de água imunda e voltou para a avenida. Boiou mais um pouco e foi conduzido para uma área seca. Atordoada, Angelita seguiu seu caminho.

No dia seguinte, ela e a amiga foram para a sessão de exorcismo. Uma hora de oração, com dois pastores e três obreiros orando, impondo as mãos, lendo passagens bíblicas, e os demônios deixaram-na em paz. Saiu de lá exaurida, mas grata por ter sido curada da opressão. Tornou-se membro da igreja e começou a cantar nos cultos. Foi quando adicionou Lázaro ao nome artístico. Em pouco tempo criou fama como a influenciadora digital "Princesa do Gospel" e ganhou um programa semanal na TV Diário.

Não havia chuva nem alagamento, mas uma cratera abriu-se no asfalto, na mesma avenida onde foi tragada três anos antes, mais ou menos no mesmo horário. Não havia água para inundar o carro, mas terra e pedras começavam a soterrá-lo. Angelita gritou por socorro. Ninguém ouvia. Havia cheiro de betume e calor e areia a lhe cegar os olhos e entupir sua garganta.

— Fez um pacto de nos dar sua alma e tentou nos expulsar, não foi, vadia?

— Desculpem. Eu quero uma chance.

— Nós já lhe demos uma, trapaceira. Vai morrer agora, afundada.

— Quero uma segunda.

— Em troca de quê?

— Duas almas. Levam duas ao invés da minha. Mato minha amiga e o pastor.

— Duas? — disseram os demônios, em uníssono, e caíram na gargalhada.

***

A camareira esperava-a com a roupa que usaria na segunda parte do show. Angelita tirou o vestido branco, colocou um vermelho e pediu para ficar sozinha, queria fazer uma oração. Assim que trocou de vestido, começou a ouvir os gritos de horror e saiu correndo do teatro pela porta dos fundos. Cruzou a Leste-Oeste e desceu a ladeira em disparada em direção ao mar.

A brisa e a sensação da areia da praia sob os pés descalços trouxeram-lhe uma sensação de liberdade. Enquanto isso, as pessoas presas no teatro eram consumidas pelo calor das chamas.

Lembrou-se dos termos de negociação para livrá-la da morte por soterramento: "Duzentas almas, e a gente a deixa em paz. E não banque a espertinha, que não vai haver terceira chance".

Angelita leu a notícia no celular: "Cento e dez corpos foram carbonizados dentro do teatro, oitenta e nove pessoas levadas em estado gravíssimo para o hospital não sobreviveram".

"Duzentas e nove despachadas para o inferno, mais que o total da minha dívida", concluiu. Aliviada, resolveu dar um mergulho. Tirou o vestido, enrolou nele o celular, caminhou 50 metros píer adentro e saltou, nua, às gargalhadas. Só quando começou a ser levada pelas ondas percebeu que tinha feito a conta errada.

A TAL DA LOIRA DO BANHEIRO

ANDERSON PADILHA

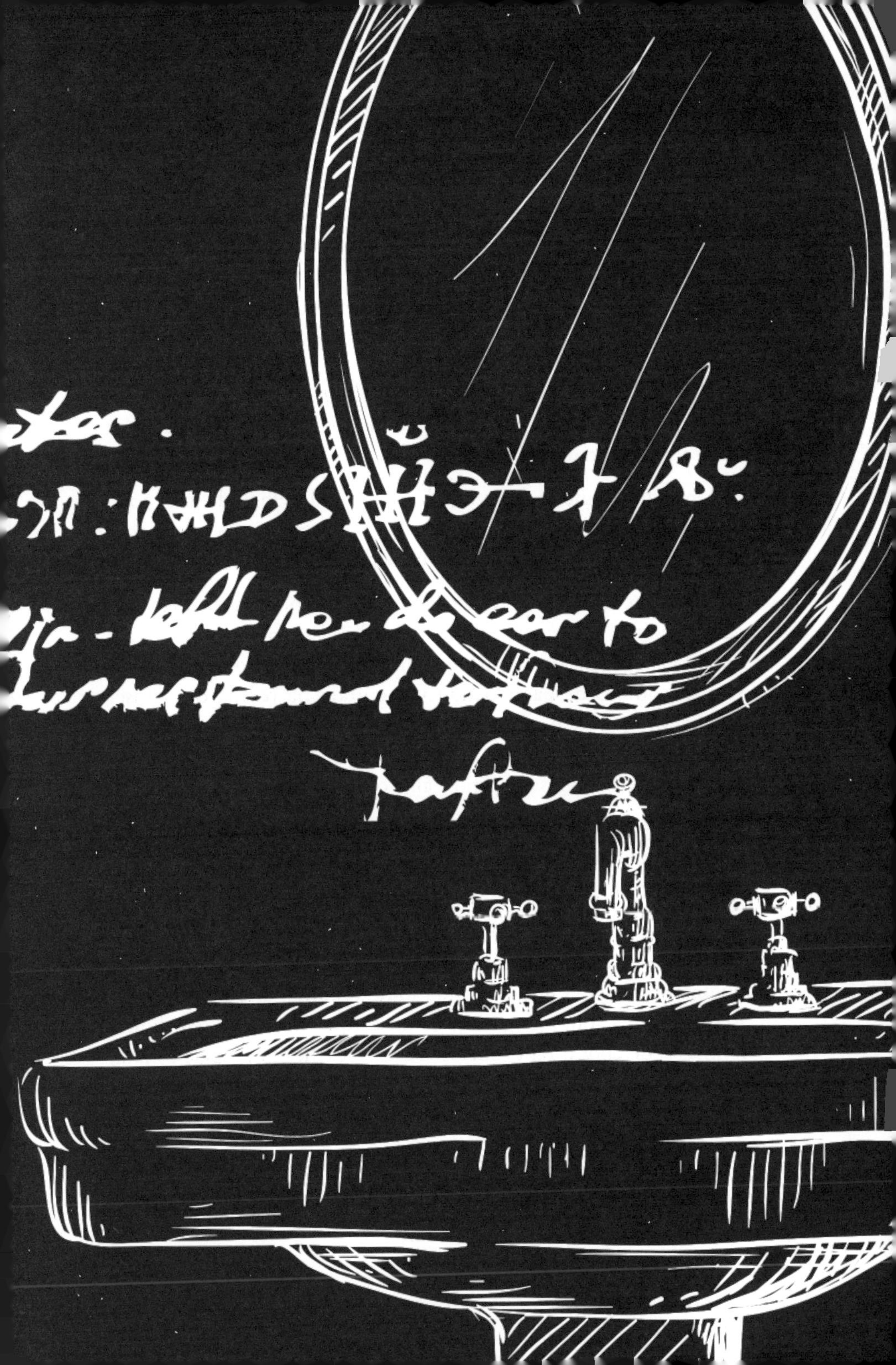

— Você vai?

— Nem a pau! — diz Edu.

— Bundão!

— Prefiro ser um bundão vivo do que um valentão morto.

Gael sacode os ombros.

— Pelo menos vê se fica de olhos abertos e me avisa se alguém aparecer no corredor, tá legal?

Ele entra no banheiro feminino. É por volta das 9h30 de uma noite de dezembro; a maioria dos estudantes já atingiu a nota média para aprovação, o que explica esse clima de deserto.

Gael vai até o espelho. Olha-se com atenção, passa a mão nos cabelos loiros para ajeitar os fios rebeldes. Estufa o peito, ajeita a gola da camiseta, sorri. É um jovem bonito e dentro de dois anos será um adulto de parar o trânsito, entrará na balada que quiser e beberá o que bem entender. Mas, enquanto esse dia não chega, contenta-se em beijar garotas da sua idade, apertar uns peitinhos e aprontar umas travessuras aqui e ali, como está prestes a fazer agora.

Arranca um fio do próprio cabelo e joga-o no sanitário; fecha a tampa e puxa a descarga. Vai até o interruptor, apaga e acende as lâmpadas três vezes. Invoca a loira do banheiro e aguarda por um minuto. Para a sua decepção, nada acontece.

Já está prestes a sair do banheiro; então a porta de um dos sanitários finalmente range. Olha e vê uma loira deslumbrante saindo de lá. Ela veste uma roupa esquisita, daquelas que Gael só vê em filmes e novelas de época; tem cabelos longos e cacheados; a pele é clara, mas não chega a ser pálida, como se espera de uma alma penada. A primeira coisa que ela faz é retirar os tufos de algodão que traz nas narinas e nos ouvidos.

— Quem é você? — ele pergunta, dando um passo para trás.

— Ué, você me chamou, não?

— Você é...

— A loira do banheiro, ué! Que foi? O gato comeu sua língua?

Ele soergue a sobrancelha.

— Vai me desculpar, mas eu imaginava você bem mais... medonha.

Ela ri.

— Normal. Sabe como são as lendas: o povo adora histórias macabras, e ninguém se contenta em apenas relatar um acontecimento, querem sempre pôr algo a mais, adicionar o seu próprio tempero à narrativa. E foi assim que me transformaram num monstro.

— Você não me parece um monstro — diz Gael. Ele a teria convidado para tomar um sorvete, se ela fosse... viva.

Ela vai até o espelho, estica a pele abaixo dos olhos. Faz um muxoxo.

— Tô começando a criar olheiras. Veja!

— Você é bonita.

Ela sorri; volta-se para Gael.

— Você acha?

— Acho.

— É engraçado. Eu costumava ouvir isso quando era viva, mas, depois que morri, nunca mais. — Ela se volta para ele com olhar amável. — Você é o primeiro humano vivo que parou pra falar comigo.

Ele pisca para ela; ela dá um meio sorriso.

— A vida após a morte não é lá essas coisas. Mais de um século se passou, e eu não tenho muita coisa pra contar, exceto se for pra falar dos sustos que apliquei num ou outro estudante safado. Mas, depois de um tempo, até isso vai perdendo a graça.

— Então por que você continua?

— E o que eu vou fazer da vida, se parar de assombrar banheiros? Não há muitas opções de diversão pra uma alma penada. Assim pelo menos sou uma espécie de celebridade.

— Nunca parei pra pensar nisso — diz ele, com uma cara confusa, que faz a loira achar graça.

— Ei, como é seu nome?

— Gael.

— Nome bonito. E combina com você. Eu me chamo Fran.

— Fran? Pensei que fosse Maria Augusta alguma coisa.

— Isso é só um detalhe. Depois que morri, já troquei de nome pelo menos umas 15 vezes. Do lado de lá, ninguém pede RG.

— Entendo.

Ela põe as mãos na borda da pia, fita o ralo e suspira.

— O que foi?

— Ah, não é nada.

— Pode falar, Fran.

— Sei lá. Essa conversa... tá tudo errado! Você deveria ter medo de mim, como todos os outros.

— É. Mas eu não tenho — diz ele, parando ao lado dela, com as mãos sobre a pia. Encaram-se pelo espelho. — E você não é nada assustadora.

— Creio que isso seja um elogio, não?

Ele confirma com um sorriso, deixa a mão escorregar e pousar sobre a dela.

— Pensei que almas penadas fossem incorpóreas.

— E somos, pelo menos na maior parte do tempo. Dar uma de viva gasta uma energia que você não tem noção. — Ele está tão perto que ela pode sentir o cheiro do seu chiclete. — Ei, quanto anos você tem, rapazinho?

— Dezesseis.

— Isso é contra a lei, não é?

— Você está tecnicamente morta, e a lei é para os vivos.

— Espertinho! — diz ela, sorrindo.

Os lábios tocam-se por uma fração de segundos. Ela recua apenas para dizer:

— Estou fazendo uma força danada pra me manter aquecida, então seja breve.

Ele a beija. No início, o beijo é doce, úmido e morno, como qualquer outro beijo. A coisa flui de modo tão natural que ele duvida que esteja beijando um fantasma. Mas aos poucos o beijo vai perdendo a temperatura de um modo que não acontece com os vivos...

Será que alguém acreditará quando ele contar que beijou a loira do banheiro? Provavelmente não, a menos que tenha como provar. Ele leva a mão ao bolso, pega o celular, clica no botão de atalho para a câmera e estica o braço para tirar uma selfie. No momento em que bate a foto, os lábios dela ganham a consistência de uma cola muito poderosa. Ele tenta retirar os lábios, mas está colado à moça. Abre os olhos e encara-a. Ela já não tem o olhar vivo e doce de antes. Seus olhos vítreos refletem mágoa e decepção.

Ele tenta remover os lábios e, quando a pele frágil parece querer arrebentar, ele sente o corpo todo enrijecer como se lhe tivessem despejado uma tonelada de argamassa.

Aos poucos, vai sendo sugado, como se a boca dela fosse um aspirador e ele apenas um torrão de poeira se desintegrando aos poucos, até desaparecer por completo.

Depois de sugá-lo, ela passa a mão nos braços, no abdome, nos seios, na face. Está viva, em carne e osso. Morde a ponta do dedo e põe-se a rabiscar o espelho com sangue.

Ao sair, dá de cara com Edu, que mal pode conter o susto.

— O que faz aqui, na porta do banheiro feminino, seu taradinho?

— Não é o que você está pensando.

Ela sorri, e sem mais nem menos dá um beijo na bochecha dele. Depois ela se vai. Edu observa-a até ela sumir no corredor. Então ele entra no banheiro, abre as portas dos sanitários à procura do amigo. Nada. Onde é que Gael se meteu?

Só então ele para e vê as letras garrafais em vermelho-sangue:

Se deseja rever o seu amigo, jogue um fio de cabelo na privada e puxe a descarga três vezes, apague e acenda as lâmpadas três vezes e não se esqueça do mais importante: invocar o loiro do banheiro.

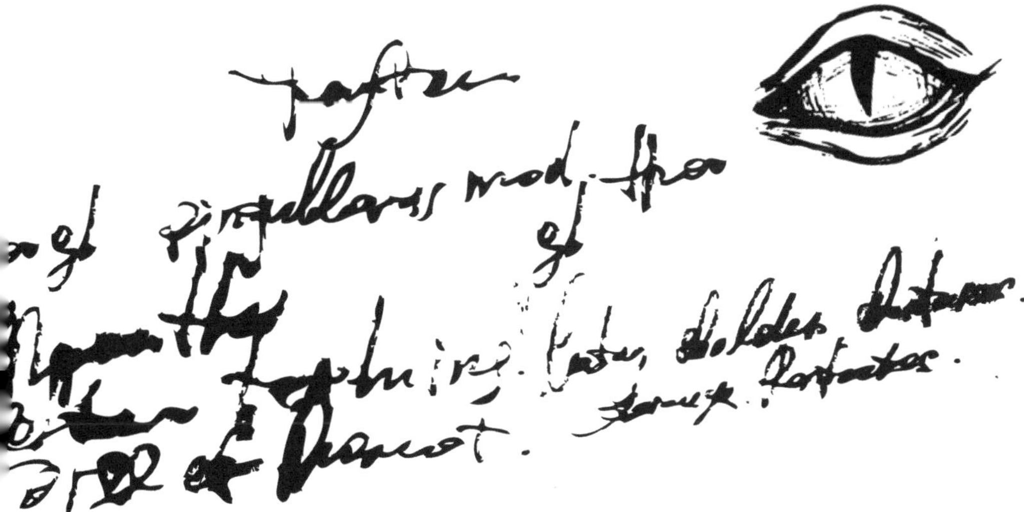

ICAS

KELI VASCONCELOS

in

Icas era um menino com os seus 13 anos, mas aparentava ter menos. Andava sempre de boné e um calção vermelho, que o acompanha desde os tempos da pré-escola. Morava em União de Vila Nova, uma comunidade para as bandas da Zona Leste de São Paulo, margeada pela linha do trem. Num barraco de MDF mais caído que em pé, viviam ele, a mãe, Noélia, e os 7 irmãos mais novos. Ela pegava umas roupas para lavar, já ele pegava alguns materiais para reciclar e juntar o dinheiro e colocar o alimento na mesa.

Mas de mesa não havia nada, era um tablado de compensado, e também nem sempre tinha pão, muito menos Danone, algo que ele amava tomar. Quiçá uma hora o arroz desse as caras. Sonhava com carne aos fins de semana, quando sentia o cheirinho de bisteca e picanha grelhadas nas chapas das casinhas de alvenaria do entorno. Quando dava sorte, uns amiguinhos chamavam-no para subir na laje empinar pipa, e eis a chance de tomar Dolly e comer linguiça. Mas não comia tudo: deixava um pouquinho aos irmãos.

Icas adorava sentir o vento vindo da laje. Gostava de brincar com os amiguinhos de quem daria a risada mais alta. Ele sempre ganhava. Dava para ouvir ao longe as gargalhadas. Era bonito ver a comunidade dali: as casinhas de madeira, as de muito bloco e pouco chapisco, o sol brilhando e mostrando as ruas, os postes e antenas de TV, contrastando com os moços passando ilícitos.

Noélia tinha orgulho de Icas. Não dava muito trabalho, mesmo aprontando algumas traquinagens, mas nunca roubou ou quebrou nada, não andava com os "usuários de tóxico", gostava de estudar, ajudava na coleta de reciclado. Ela deu esse nome ao menino quando viu essas palavras refletidas no espelho de uma biblioteca. Era a capa de um livro. Noélia tinha pouco estudo, mas conseguiu ensinar o pouco que sabia aos filhos e mandava todos à escola para se alimentarem de comida, de conhecimento, de esperança.

Como dito, Icas amava ir à escola: oportunidade de escrever e ler, tomar uma caneca de Danone no lanche, pedir à professora que ensinasse as letras e números ou receber dela uma revista ou jornal do dia, que após lidos por ele seriam vendidos no centro de reciclagem. A muito custo, a mãe comprou um celular que pegava TV, mas era tão pequena a tela..., e ela precisava do aparelho, que as notícias corriam como o vento. Ele sabia das coisas de passagem, como o vaivém do trem.

Certo dia, o pessoal da comunidade de União de Vila Nova soube que um grande supermercado do bairro faria um bota-fora de Páscoa, a preço de custo, de produtos que estavam com o prazo de validade próximo.

Icas juntou o máximo que pôde para conseguir ao menos comprar um litro de Danone, linguiça e um pacote de macarrão. "Quem sabe, até mesmo uns chocolates", pensou o menino. Seria o almoço de Páscoa, já que a liquidação seria até o Sábado de Aleluia.

Sem sucesso. O dinheiro arrecadado a mãe pegou para pagar mais uma prestação do celular e do tênis do irmão mais novo, que estava furado e precisava ser trocado.

Icas ficou muito triste e foi choroso para a frente do barraco, sentar em meio às pedras da rua sem asfalto:

— Icas, Icas! — chamou Zé Cauã, vizinho da casa da frente.

— Que foi? — respondeu o menino, limpando as lágrimas, sem graça.

— Tá ligado que hoje o pessoal do mercado vai jogar um monte de coisa fora porque o prazo de validade tá vencendo? — questionou Zé Cauã, ajeitando o short.

— Eita, tô sabendo, não!

— A gente vai pra lá à noitinha pular a cerca e pegar o que der na caçamba do mercado. Cara, vi que tem um monte de iogurte, carne, “umas bolacha” e pão... Minha mãe falou que o não tiver fedendo dá pra comer. Bora?

Icas ficou pensativo. Noélia sempre dizia que não era para pegar o que não nos pertencia, ou seja, “o que Zé Cauã tá pretendendo é furto”.

Mas a fome de fruto, carne, iogurte com sabor de fruta gritava no estômago dele, da mãe e dos irmãos. Balançou a cabeça em sinal de positivo. Meia-noite, eis eles e mais alguns adultos à porta do supermercado, que ficava a poucos metros da linha do trem. Foi sem dizer nada à mãe, que ressonava na mesma cama com as crianças.

Após atravessarem os trilhos, Zé Cauã se fez de escada para Icas, que pulou o muro do supermercado e foi correndo até as caçambas, com os vizinhos e o amigo que vinha logo atrás.

Abriram as lixeiras e vasculharam as caçambas, pegando o que não estava deteriorado ou fedendo. Não dava tempo para ver qual a validade do produto, já que o estabelecimento tinha câmera de segurança e vigilância armada. A qualquer momento poderiam ser pegos e presos.

Quando finalmente Icas encontrou uma embalagem de um litro de iogurte e uns chocolates, ouviu um grito:

— Ei, saiam daí, moleques, ou “vai tomar tiro”!

Era um dos vigilantes, que começou a correr atrás do povo. No desespero, Icas derrubou o litro de iogurte, que foi escorrendo pelo estacionamento, e ao tentar pular o muro acabou escorregando para fora do lugar.

E o trem estava fazendo sua última viagem do dia.

Icas não viu o Domingo de Páscoa. Não teve macarrão, nem linguiça, nem churrasco, nem chocolate...

O menino foi encontrado morto, com a perna direita decepada pelo trem.

Isso aconteceu tem uns 13 anos.

Diz a lenda que, toda a vez que o trem passa em União de Vila Nova, faz um redemoinho e dá para ouvir uma gargalhada bem alta. Muitos também já relataram ver um menino pulando só com a perna esquerda, de boné vermelho e calção, deixando nas portas das casas mais carentes um pacotinho com Danone, pão, linguiça.

Noélia não se sente triste quando se lembra do filho. Icas está sempre ali. E, ao olhar o RG dele grudado no velho espelho, ela sabe agora o verdadeiro significado do nome e das proezas do filho.

ENCANTADA

LEIDE FREITAS

in

No interior de Aracoiaba existe um povoado chamado Pedra Aguda, pois no local existe uma pedra pontiaguda e solitária, como um monólito perdido, no sertão cearense. A pedra tem uma base larga, com duas crateras parecendo olhos enormes para qualquer pessoa que olha, mas vai se afunilando e se tornando ligeiramente triangular até o seu fim; ainda tem uma boa altura, mas a erosão vai desgastando-a aos poucos e a impressão que se tem é que está diminuindo. Mas quando eu era criança ela parecia muito alta a meus olhos.

Os moradores do local contavam uma história sobre uma menina que desapareceu nas proximidades dessa pedra, e nunca encontraram o corpo. Falavam que a menina vivia encantada na pedra, então todos tinham o maior cuidado com suas crianças.

Quando meus pais foram morar nesse povoado com três filhos pequenos, foram avisados sobre o perigo da pedra, mas eles, a princípio, não acreditaram na história pois acharam que eram boatos e continuaram a viver suas vidinhas simples de agricultores em terra alheia. Meus pais eram pobres e trabalhavam de meeiros para criar os filhos.

Meu pai saia cedo para o campo e minha mãe ficava em casa para fazer a comida e cuidar dos filhos pequenos. Éramos três na época: Luís, meu irmão mais velho, Lena, minha irmã do meio, e eu era a caçula, com 3 anos de idade.

Um dia minha mãe acordou cedo, como sempre fazia, e saiu de casa buscar água no açude para fazer a comida, recomendando a meu irmão que não deixasse nem eu nem minha irmã sair de casa; mas a porta estava com o ferrolho de madeira mal colocado a ponto de cair, meu irmão era apenas uma criança de 6 anos, estava brincando e nem percebeu quando eu saí.

Não sei por que saí, mas simplesmente saí andando sem direção, pois uma criança de 3 anos no sertão não pensa muito e nem sabe por que faz o que faz. Lembro apenas que caminhei durante muito tempo até minhas pernas doerem, sem prestar atenção por onde ia até chegar a uma casa pequena.

A casa era de taipa, e na frente tinha um pequeno alpendre feito com pilares do tronco da carnaubeira e coberta com palhas. O alpendre parecia bem fresco, e sua sombra já se espalhava pelo chão. Eu estava com muito calor do sol quente e muita sede quando olhei para a casa que estava aberta. A primeira coisa que vi ao lado da porta foi uma velha cangalha encostada na parede bem abaixo de uma janela, e depois vi à porta uma moça morena de cabelos longos; por sinal, uma moça muito bonita, fazendo tranças para chapéu.

Nesse tempo as mulheres do povoado faziam chapéus de palha da carnaubeira para vender na feira aos domingos; as mães ensinavam muito cedo as filhas mais jeitosas a fazerem as tranças para ajudar na fabricação de chapéus.

A moça estava à porta sorrindo para mim e perguntou-me se eu queria um copo da água fria da quartinha, chamando-me para ficar debaixo do alpendre, enquanto o sol esfriava, para esperar a minha mãe. Lembro que já tinha colocado um pé na sombra do alpendre quando fui repentinamente puxada e levantada. Era a minha mãe que passara boa parte da manhã me procurando e finalmente me encontrara na base da Pedra Aguda e me colocara em seus braços para me levar para casa.

A minha mãe contava que eu repetia esta história toda vez que ela me perguntava o que eu tinha visto no caminho. A minha mãe ficou muito assustada, pois nas proximidades da pedra não tinha nenhuma casa. Mas, para tirar a questão a limpo, foi perguntar às outras mulheres se já tinha existido alguma casa nas proximidades da pedra, pois eu afirmara que vira uma casa e uma moça fazendo chapéu. Todos ficaram admirados com semelhante história e sabiam que eu era muito pequena para inventar uma história com tantos detalhes.

As mulheres do povoado contaram a minha mãe que alguns anos atrás tinha desaparecido uma menina nas proximidades da pedra e que nunca fora encontrada. O povo falava que a menina morava na pedra, mas pensando bem, depois de tantos anos, a menina já seria uma moça, por isso eu vi uma moça: era com certeza a menina que crescera. E com certeza ela queria companhia e, se minha mãe não tivesse me encontrado logo, eu teria desaparecido, teria ficado encantada na pedra, como a outra.

Minha mãe ficou muito assustada com essa história, pois parecia ser verdade, não conseguia encontrar outra explicação. Depois disso, meus pais foram embora do povoado, pois era melhor não arriscar a segurança dos filhos.

Hoje, relembrando, eu fico me perguntando o que teria acontecido se eu, em minha inocência, tivesse colocado os dois pés ao mesmo tempo na sombra do alpendre. Será que eu teria desaparecido como a menina do povoado? Eu teria ficado morando na casa de palha com a moça bonita encantada da pedra? Ou será que eu tive apenas uma alucinação por causa do sol forte na moleira? Alguém duvida?

A famosa Pedra Aguda continua lá, firme como uma rainha em seu trono.

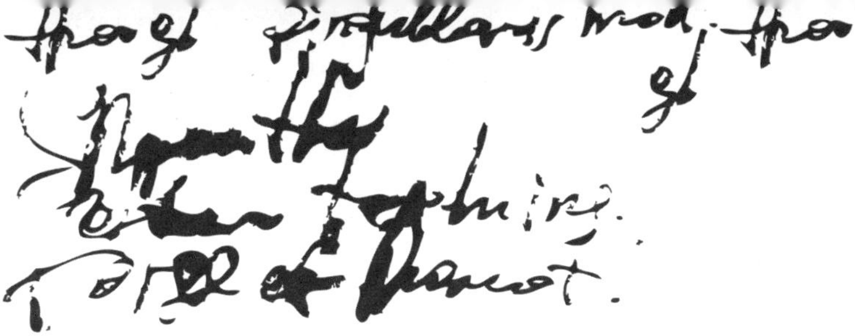

A PISADEIRA

GUSTAVO WITHERS

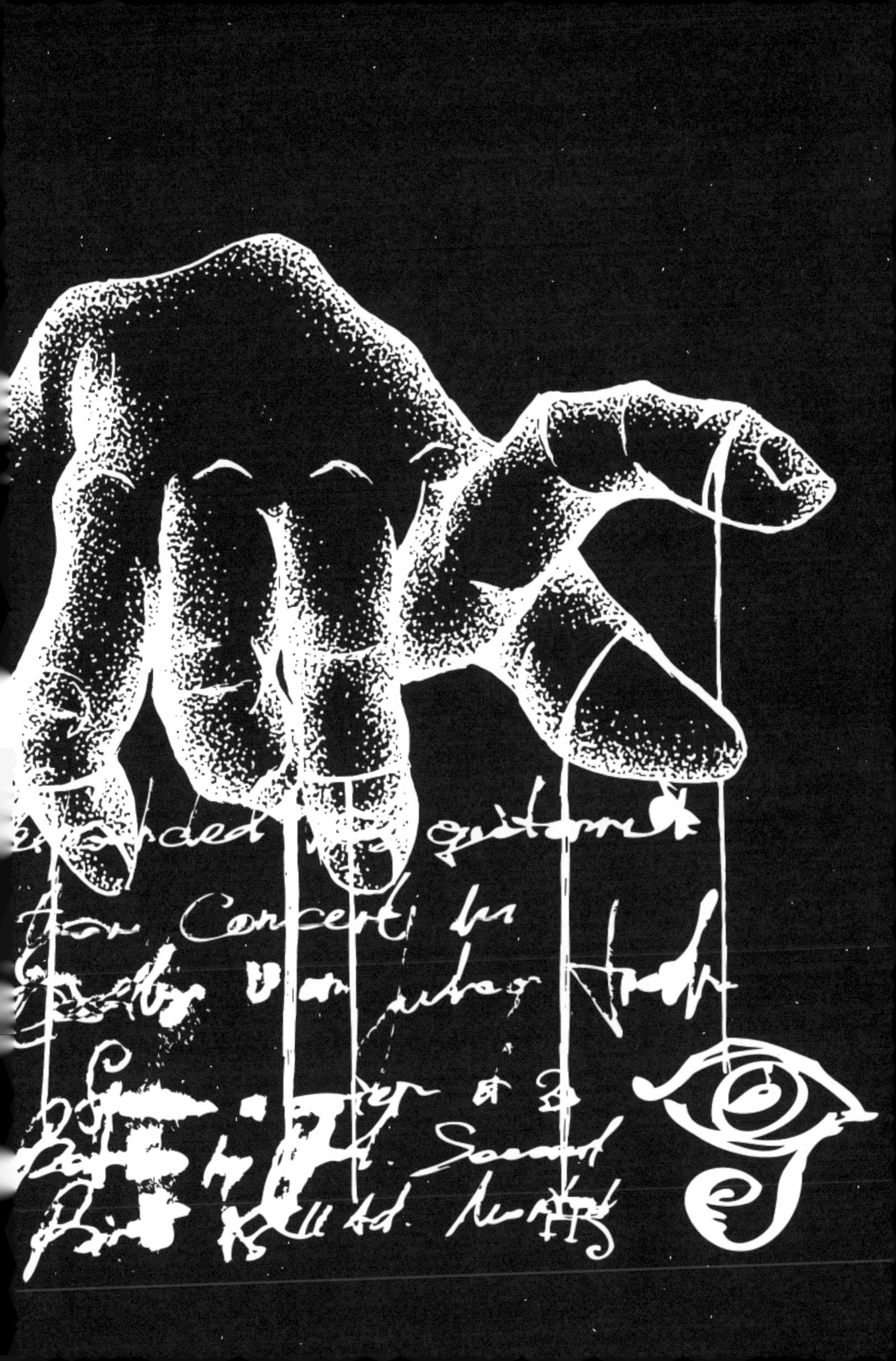

— Já sentiu medo de dormir?

Nunca me acostumei com esse papo de ocultismo que ela joga pra cima de mim de vez em quando. Eu me viro de costas na cama e puxo o cobertor por cima do ombro.

— Nunca, mas sinto medo dessa conversa.

— É uma pergunta séria — ela diz, cutucando o meu ombro.

— Não parece ser séria, só esquisita. Como na vez em que pediu meu dia e horário exato de nascimento…

— Aquilo era sério! Era pro seu mapa astral!

— Ou quando queria que eu usasse aquele amuleto...

— Era pra sua proteção. Você tinha um encosto muito forte.

— Ou quando queria meu sangue pra...

— Tá — ela me interrompe. — Isso foi estranho mesmo, e eu já pedi desculpas. Foi você quem perguntou por que eu não tava dormindo.

Pois é, perguntei mesmo. Ela voltou depois de sumir, sem nem dar tchau, por uns três meses. Eu já estava acostumado com isso. O que era estranho foi o jeito como ela apareceu no meu apartamento.

Eram 2 h da manhã. Ela sempre foi magra e pálida, mas, agora, parecia estar doente. O cabelo, que ela pintava de rosa ou de verde ou de sei lá o que, estava com mechas pretas. O esmalte das unhas, descascado; e as olheiras fundas faziam-me pensar que ela estava sem dormir há um tempão. Depois que nos ... reconectamos... ela foi tomar banho, e eu vasculhei a bolsa dela e vi as pílulas. Estimulantes. Isso era novo. E pesado (e errado. Eu sei. Não deveria ter mexido nas coisas dela).

Só agora, depois que voltou do banho, está mais calma. Senta-se na cama e puxa uma foto da bolsa, que mostra duas meninas rechonchudinhas, ambas morenas, de no máximo 10 anos.

— Essa é você?

Ela faz que sim com a cabeça.

— E essa aqui?

— Minha irmã.

— Nunca me disse que tinha uma...

— Ela ficou em São Paulo. Com... nossos pais.

— E como eles estão? — pergunto, sorrindo. Ela também nunca os tinha mencionado.

— Mortos. Todos eles. Os dois se foram há muito tempo. Eram ocultistas, como eu, e se meteram com forças que não deveriam.

— É claro que eram. — Antes que ela possa perecer meu tom desprezo, eu pergunto sobre a irmã dela.

— Morreu. Há três meses — ela sussurra.

— Nossa... — Eu desvio o olhar enquanto pego um cigarro na cômoda.

— Eles eram bem rígidos, sabe? Especialmente em relação a aparência. Faziam terrorismo mental com a gente. Quando éramos crianças, nos assustavam contando uma lenda local sobre o que acontecia com gente que comia demais.

— Lendas são só histórias — eu digo, com o cigarro balançando na boca e acendendo o isqueiro.

— Personagens nunca sabem que estão em histórias — ela diz, pedindo o cigarro com a mão.

— Não faço a menor ideia do que você está falando... — digo, passando o cigarro e já sabendo que ela vai dizer algo estranho.

— Quando alguém conta uma história sobre você, quem é o personagem principal?

— Sou eu, obviamente.

Ela traga o cigarro duas vezes. Achei que ela ia devolvê-lo, mas ele fica lá, balançando entre seus dedos.

— E se estiverem contando a sua história agora mesmo? Estaria na história, mas não saberia, porque a estaria vivendo.

— Acho melhor eu ficar com esse cigarro...

Com o olhar distante de quem está se lembrando de alguma coisa, ela me ignora:

— Vocês não têm essa lenda em Curitiba. Foi um dos motivos pelos quais mudei pra cá. Achei que, num lugar onde não a conhecem, estaria livre dela e de suas consequências. Mas esse é o negócio com as histórias. A distância não importa nada pra elas. — Ela traga de novo e, negando com a cabeça, me passa o cigarro. — Não posso te contar. É muito perigoso.

— Eu tô preocupado com você.

Ela sorri e acaricia minha mão:

— Se eu te contar, você vai estar em perigo. Meus pais contaram essa história pra nós duas, e minha irmã morreu por causa dela. Agora, quando eu dormir, vou morrer por causa dela também.

— Eu assumo o risco.

— Tem certeza?

Eu concordo com a cabeça, e ela dá um longo suspiro:

— Você já ouviu a história da Pisadeira?

Não sei como, mas consigo conter o riso enquanto nego com a cabeça.

— Era uma bruxa que morreu — ela continua —, mas cujo espírito permaneceu neste mundo. De noite, ela pisa no peito de quem tá dormindo. A pessoa acorda, mas não consegue se mexer. É uma punição. Pros esbanjadores. Gente que come demais.

— Acho que meus pais a invocaram por engano. Eu espero que sim, pelo menos.

Apago o cigarro na mesa de cabeceira.

— Quando eu estava sozinha velando o corpo da mana, tipo, no meio da madrugada, eu peguei no sono. Foi por um segundinho só. Acordei e vi alguma coisa se mexendo em cima do corpo. Era ela. Velha. Esquelética. O cabelo era longo, branco e desgrenhado, sabe? E ela tinha esses caroços nojentos pelo corpo. Ela me encarou com aqueles olhos pretos e fundos, apontou pra mim e sorriu.

— Foi um sorriso sinistro?

— Não! Era feliz até demais! Como se ela estivesse fazendo a coisa mais maravilhosa do mundo. Daí me chamou com o dedo que estava apontando...

Ela começa a chorar:

— Eu sou a próxima! Se eu dormir, eu morro!

Eu a abraço do jeito mais forte que consigo. Ela continua falando aos prantos:

— Meus pais contaram a história pra nós, e agora eu contei pra você. Eu te condenei!

— Você não acredita mesmo nisso, né? Parece o tipo de história que uma vó contaria pra explicar a paralisia do sono.

Nós nos soltamos do abraço, e ela engole o choro.

— Ela mata gente que come demais, certo? — eu pergunto, com o tom de voz mais compreensivo que consigo fazer. — E você parece um graveto.

— Eu sou magra agora, mas antes não era. Talvez ela ainda queira me pegar. E você poderia perder uns quilinhos...

— É só uma história.

Convenço-a a dormir dizendo que vou ficar de vigia, e não demora muito pra ela pegar no sono. Vou até a cozinha pegar alguma coisa pra comer, mas resolvo dar uma última olhada antes de sair do quarto. O jeito como ela está deitada, de barriga para cima, como se estivesse morta, me dá um arrepio.

Em frente à geladeira, ouço um barulho, vindo do quarto, de algo pesado caindo no chão.

Volto correndo o mais rápido que posso e encontro-a de olhos arregalados e com a boca aberta. Seu corpo está imóvel, mas eu escuto seu fôlego lutando por ar. Como se estivesse se afogando fora da água.

Num último suspiro, ela morre.

A velha de cabelos de palha aço surge em cima do corpo morto, sorrindo de orelha a orelha, e eu sei que serei o próximo, pois, agora, ela está na minha história também.

E na de todos para quem eu a contar.

O MISTÉRIO DO HOMEM DO PORÃO EM UM MUNDO EM COLAPSO

FERNANDA EMEDIATO

in

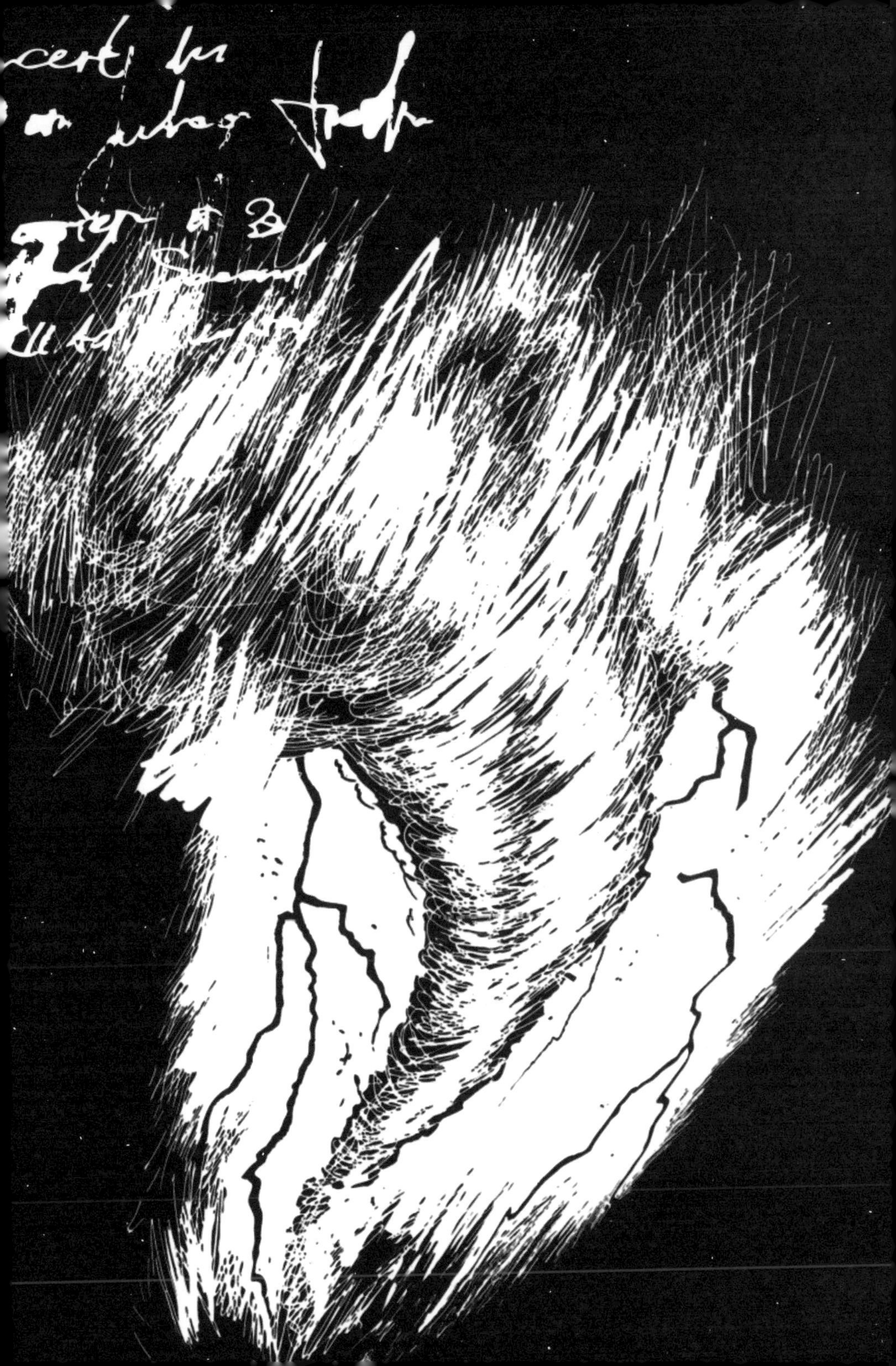

Olivia continuava sozinha em casa, com o som da chuva batendo contra as janelas e o vento uivando do lado de fora. Ela tentava relaxar no sofá, com uma xícara de chá quente, quando ouviu um barulho estranho vindo do porão.

Seu coração começou a bater mais rápido enquanto ela tentava se convencer de que era apenas a casa se acomodando com o vento. Mas o som ficou mais alto e insistente, e Olivia decidiu que precisava investigar.

Ela pegou uma lanterna e desceu as escadas que levavam ao porão, sentindo um arrepio na espinha. Quando ela chegou ao fim das escadas, viu uma figura escura parada no meio do porão.

Olivia gritou de medo, mas a figura não se moveu. Ela se aproximou mais e viu que era um homem alto e magro, vestido com um terno antigo e chapéu. Seus olhos estavam fixos em Olivia, como se estivesse tentando se comunicar com ela.

Ela tentou falar com ele, mas este continuou em silêncio. O homem parecia não ter expressão, mas Olivia podia sentir a tensão crescente ao seu redor. Ela começou a se sentir presa no porão, com o ar ficando mais pesado e a figura imóvel parecendo cada vez mais ameaçadora.

Finalmente, Olivia decidiu que precisava ir embora e subiu as escadas correndo. Mas, quando ela chegou à porta do porão, virou-se e viu que o homem havia desaparecido.

Anos se passaram desde aquela noite assustadora no porão, mas Olivia nunca conseguiu esquecer a sensação de pavor que sentiu ao ver a figura misteriosa. Ela nunca mais viu o homem alto, magro, vestido com um terno antigo e um chapéu, mas aquela noite a assombrava constantemente.

Um dia, enquanto Olivia estava limpando o chão de seu quarto, ela descobriu um taco solto. Quando o puxou, viu uma folha antiga de jornal escondida debaixo dele. Ao examiná-la, ficou chocada ao ver uma foto do homem misterioso que ela havia visto no porão, com a manchete "Maníaco que diz ser um viajante do tempo é preso".

Ela leu a matéria, que descrevia um homem que afirmava ter viajado do futuro para avisar as pessoas sobre a destruição do mundo. Ninguém acreditou nele, e ele foi internado em um manicômio. A foto era do homem que ela viu no porão da casa.

Olivia passou anos tentando encontrar mais informações sobre o homem misterioso, mas nunca conseguiu descobrir mais nada. Ela se perguntou se ele era realmente um viajante do tempo ou se era apenas uma coincidência estranha.

Mas, apesar de suas tentativas de descobrir a verdade, o tempo passou e a vida de Olivia continuou. Ela se casou, teve filhos e netos, e o homem misterioso acabou se tornando apenas uma memória distante e obscura.

No entanto, enquanto o mundo começava a sofrer as consequências do descaso com o meio ambiente, as preocupações de Olivia sobre o futuro intensificaram-se. Ela viu a mudança climática afetar o mundo ao seu redor, com tempestades mais frequentes e intensas, secas prolongadas e enchentes devastadoras.

E então, um dia, quando estava sentada no quintal, sentindo o ar abafado e o céu escurecido pela fumaça das queimadas, ela viu uma figura surgir à distância. Era o homem misterioso que ela havia visto no porão da casa anos antes.

Olivia correu em direção a ele, sentindo seu coração bater forte no peito. Ela queria perguntar sobre o futuro, sobre como poderia ajudar a mudar as coisas, mas o homem apenas a olhou com tristeza.

Foi então que o mundo começou a tremer, e o chão abriu-se sob os pés de Olivia. Ela caiu em um buraco negro, sentindo a terra tremer e a poeira levantar-se ao seu redor. Ela ouviu o grito de outras pessoas, e percebeu que o mundo estava acabando.

Ela olhou para o homem misterioso pela última vez, e viu tristeza em seus olhos. Ele levantou a mão em um gesto de adeus, e então tudo se apagou.

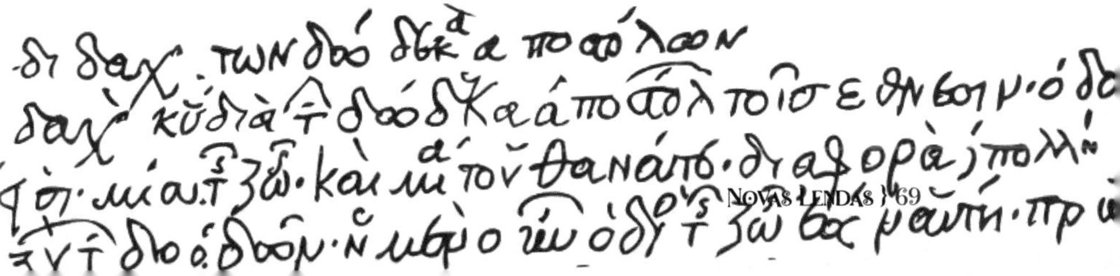

MILENA

JÚNIA CARVALHO GAIÃO DE QUEIROZ

Todo dia ela faz tudo sempre igual, mas não acorda às seis horas da manhã nem sorri um sorriso pontual. É o marido, um bem-sucedido padeiro, que se levanta primeiro, organiza a mesa, faz o café e o pão fresquinho para alimentar os três filhos antes de irem para a escola. A luz dourada do amanhecer entra pela cozinha, deixando frestas de sol onde minúsculos grãos de poeira bailam sozinhos na quietude da casa ainda vazia. Só minutos mais tarde, sonolentos e resmungões, os meninos aparecem à porta enquanto a frigideira chia, os ovos estalam, a água ferve, o forno apita e os talheres tilintam antes de se assentarem à mesa. Anda, minha gente, que é tempo de estudar, a vida não dá mole, cada um precisa se virar, recita, sorridente, o pai-coruja, enquanto as crianças bocejam estrondosamente entre uma mordida e outra, com dentes afiadinhos e nervosos. A cozinha se aquieta assim que eles passam pela porta e na rua ainda se viram, ligeiramente descabelados, para se despedir do pai, debruçado na janela como se fosse uma namoradeira. É hora de lavar a louça com água quente e detergente aroma de lavanda, deixar tudo brilhante na pia, na cuba, no piso, guardar as louças por ordem de tamanhos, cores e utilidade, abrir as cortinas e deixar a luz matinal fazer seu trabalho de amarelar vidros e paredes, antes de subir as escadas e chamar baixinho: milena , acorda, meu bem, vou sair pra trabalhar, os meninos já foram, a cozinha está em ordem, você precisa se alimentar. A esposa abre o olho direito primeiro porque o esquerdo está colado de remela e custa a se deslocar: será possível que já amanheceu? Só falta ele acender a luz e cantar uma música tipo passarim do tom jobim, acho que corto os pulsos no banheiro ou entro na mira do tiro que saiu e não pegou, mas nada me devora mais o coração do que a noite finda, cadê a noite, cadê o escuro, cadê a sinfonia dos grilos, dos sapos, morcegos, vagalumes e gatos, cadê minha gente, essas criaturas que carrego coladas na minha cintura, cadê, seu maldito, o silêncio que eu preciso pra ser parte dessa mistura? Bom dia, querido, como dormiu? O padeiro estala um beijo na bochecha de milena, e ele tem gosto de pão com manteiga, uma ânsia sobe pelo estômago da amada esposa, que para disfarçar ensaia um acesso de tosse; acho que me resfriei, preciso de um chá de cidreira, vá trabalhar, querido, está tudo bem. O bom homem se veste depressa, cantarola mania de você, escova os dentes com bicarbonato e sai numa nuvem de azzaro; fique bem, minha linda, te vejo no fim da tarde. Quando o trinco da porta da rua termina de girar duas voltas, ela se aninha na cama, cobre a cabeça e volta a dormir um sono sem sonhos, mas pouco depois vem a sede, aquela que não se resolve com água, milena se agita; sou uma pessoa normal, pensa, sou uma mulher casada, reforça, sou mãe, quase grita, mas estou com sede, com muita sede, sou um ser humano normal, tenho boca, cérebro, língua, intestino, mas estou com sede e não é de água, estou com sede; se levanta em câmera lenta, calça os chinelos forrados de flanela, avança para a porta, desce os degraus de madeira encerada, a cozinha brilha às onze da manhã; ainda bem que existe escola integral, ainda bem que todo mundo quer pão todos os dias, ainda bem que ele fez de mim a esposa ideal. Abre o freezer, retira três pacotes de carne, alcança o micro-ondas, marca sete minutos, espera agitada enquanto cerra as cortinas sanfonadas, o tlim atiça seu ímpeto de pular no forno parado, destrava a portinhola, retira os sacos plásticos, puxa um garfo do porta-talheres cuidadosamente arrumado, fura pacote por pacote e derrama numa taça de cristal o líquido vermelho esmaecido antes de voltar com tudo para o congelador. Senta-se. Ritualisticamente, milena beberica o sangue derretido da carne e só então abre um sorriso, o primeiro do dia. Tem sido assim, meses e meses depois de anos e anos, agora melhor no papel de milena mãe, esposa e dona de casa, agora melhor porque a noite continua noite e perto de casa a mata se estende até alcançar a estrada e de lá se vai para o mundo; agora melhor porque existe zolpidem, basta esmagar o comprimido na sopa, no suco, na vitamina, eles são bobos, tomam tudo e acham gostoso, nem percebem a droga batendo forte na cabeça, nos ombros, nos olhos parados, apagam, e assim eu me safo, estamos a uma semana do quarto crescente, enquanto a lua se ilumina escureço na noite; lava a taça com o rigor das freiras alemãs da escola que ficou pra trás, verifica se há algum pingo no chão, sobe de volta para o quarto, espreguiça no chuveiro, olha as olheiras no espelho, pega o alicate e a espátula para limpar as unhas sujas de terra; ontem limpei o jardim, meu querido, e ele, bobinho, ainda vê melhoria no canteiro de margaridas, veste o vestido de flores carmim, a lista de compras está pregada no quadro de avisos do corredor, liga o carro, dá uma ré delicada e sai em direção ao supermercado. No jantar se servem de caldo de frango, depois salada césar e cogumelos grelhados, a sobremesa faz os dentes doerem um pouco no esmigalhar do pavê gelado, depois de comer tem um pouco de tevê, a mãe zelosa confere os para-casas enquanto o pai toca bandolim na varanda e o pote de margarina fica sobre a mesa, pronto para o close do comercial. Todos se deitam, olhos pesados, arrastam os pés, mal sabem como chegaram ao quarto; pode deixar, que apago as luzes, querido, durma descansado. E aí é ganhar a pradaria, ventar entre as árvores arrastando galhos na montaria, a velocidade cresce à medida que a cidade se distancia, mato, mato, caça, caça, garras, dentes, sangue, tudo que me sacia, vagar na noite o mais distante que quero e não que deveria, que fique lá a família que só me pertence nos outros dias, agora é noite, aqui eu ando com outras companhias. A madrugada avança, e a mulher-lobo fareja o coelho cinza que amanhã será carniça, a cascavel que o gavião não viu enrolada na pedra desde as cinco da tarde, pra que galinha, que é sem graça e ainda tem pena, se aqui tem até veado-campeiro? Minha vida, minha vida perdida, eu aqui e eles lá, eu aqui querendo estar, eu comigo, eu sozinha, eu sem medo, eu verdade, eu na margem. Quando amanheceu, ela voltou, nua e ensanguentada, para tomar o café da manhã com as crianças.

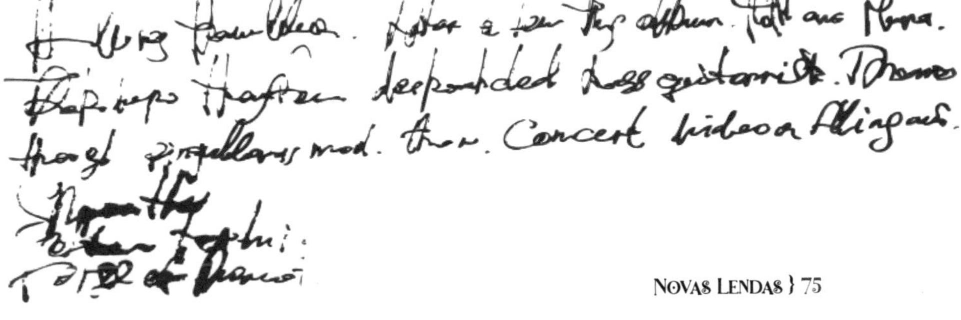

A VELHA SEM ROSTO

FERNANDA KLEIN

— Só acho que deveria ser sorteio. Ninguém aqui gosta do Gabriel, sem ofensa, e, se for eleição, todo mundo vai votar nele — concluiu Natália, baixando a mão.

Gabriel não estava ofendido. Nem surpreso. Único menino da rua, ainda examinava admirado o quarto cor-de-rosa onde fora admitido pela primeira vez. Aceitaria qualquer coisa que Natália dissesse. O importante era que elas escolhessem outra pessoa para tocar a campainha da Michele.

Mariana, autoproclamada presidente do Clube da Alzira, olhou para o quarto cheio. Havia convocado até a Vivian, do casarão da esquina, que trouxe pela mão a pequena Francine. Foi obrigada a concordar. Gabriel não tinha a menor chance. Ela mandou que todos escrevessem seus nomes em papéis, sorteou um e, solene, anunciou:

— Sofia.

Desta vez, Natália não reclamou. Era Sofia a principal interessada. Era ela quem tinha que voltar para casa sozinha, depois que o sol se punha. Era na casa dela que ninguém queria brincar porque ficava ao lado da Casa da Velha Sem Rosto, e naquela calçada ninguém pisava. Atravessar a rua não era uma opção. Em frente havia o terreno baldio, e ai deles se as mães soubessem que tinham colocado o pé ali.

Além disso, Sofia tinha passado piolho para todo mundo em janeiro. Vivian jurava que ainda podia sentir o fedor do vinagre.

— O que é que vocês querem agora? — demandou Michele, olhando por cima de Sofia para os cinco rostos nervosos no gramado.

— Oi, Michele — começou ela, hesitante. — Será que tu pode nos contar a história da Velha Sem Rosto?

Michele estreitou os olhos.

— Vocês não aguentam.

— Aguentamos sim! — Natália não conseguiu se segurar. As meninas e Gabriel assentiram.

— Até a pequena Francine?

— Eu aguento — prometeu ela, apertando forte a mão de Vivian.

— Então eu conto. Mas tem que ser lá na frente.

Equilibraram-se no meio-fio da casa que um dia tinha sido azul. Michele, o longo cabelo preso num rabo de cavalo, sentou-se tranquilamente sobre o muro baixo e largo, de pedra, em que nenhuma criança subia.

— Quem me contou a verdade sobre a Velha Sem Rosto foi a minha vó, que morava na casa onde agora mora o Seu Odilon, da Farmácia. Elas não eram amigas. A vó era menina quando a mulher chegou por aqui, recém-casada, com um dos rostos mais lindos que já se viu. Se chamava Dona Mariane.

"A vó entrou na Casa da Velha Sem Rosto uma vez. Claro que ninguém chamava assim na época. Era uma casa normal, com portas e janelas que abriam e fechavam, como qualquer outra. Não era grande nem pequena. Uma casa média, com um jardim bem cuidado. Tinha sala de visitas, de jantar, cozinha, banheiro, lavabo. Um quarto sem dono e o quarto que a Dona Mariane dividia com o marido. O nome dele a vó esqueceu.

"Tem gente que diz que a Dona Mariane era uma coitada que sofria nas mãos do marido ciumento, sempre se queixando. Outros teimam que não. A ciumenta, insatisfeita e reclamona era Dona Mariane, que fazia da vida dele um inferno. Minha vó, antes de caducar de vez, era deste time aí. Mas num ponto todos concordam: uma noite, o marido foi embora e levou com ele o lindo rosto da Dona Mariane.

"Foi então que as portas e janelas se fecharam pra sempre. A pintura descascou, as flores murcharam, a grama cresceu. De um dia pro outro, Dona Mariane perdeu a cara e o nome. Virou mais uma das mulheres sem rosto."

— Mais uma?!

— Sim, Sofia, mais uma. Existem muitas dessas criaturas por aí. Na maior parte do tempo se escondem atrás de portas e janelas fechadas. Mas às vezes sentem fome demais, ou se sentem muito sozinhas, e saem vagando pela Terra com suas caras vazias.

"Quem vê uma mulher sem rosto, e não é todo mundo que vê, não consegue adivinhar o que ela tá sentindo. Tá triste? Com raiva? Impossível saber. Elas são tão apagadas que quase ficam invisíveis. É assim que vivem entre nós, e a gente não percebe.

"Algumas não fazem mal pra ninguém. Essas nasceram com um rosto que foi sumindo aos poucos. Some o olhos, o nariz, a boca. Acontece bem devagar. Um dia acordam parecendo um ovo. A gente passa pertinho delas, e elas não fazem nada. Continuam paradas, em silêncio, sem saber o que dizer."

— Como é que elas vão dizer alguma coisa, se não têm boca?

— Não interrompe, Natália!

— Boa pergunta — devolveu Michele, ignorando a presidente. — Também perguntei isso pra minha vó. Vocês não vão gostar da resposta.

"Essas mulheres sem rosto, as boazinhas, não ficam sem rosto o tempo todo. Quando conseguem entrar em algum lugar, elas criam uma cara que imita a das pessoas que estão por perto. Como um espelho. Então elas conversam, riem, choram. Até brigam, se a pessoa-espelho brigar. E, assim que ficam sozinhas outra vez, a cara nova desaparece.

"O problema são as outras. Mulheres que, como Dona Mariane, tiveram o rosto arrancado à força. Estas se trancam em lugares escuros até serem quase esquecidas. Até não aguentarem mais. Um dia escancaram as portas e saem pelo mundo em busca de um rosto pra chamar de seu. Algumas se contentam com um rosto qualquer. Mas as que se acostumaram a ter rosto bonito não descansam enquanto não recuperam aquilo que foi roubado.

"Dona Mariane deve ser uma dessas. Minha vó garante que um dia a porta da casa vai se abrir e a Velha Sem Rosto vai invadir a rua, se arrastando de uma esquina até a outra, avançando de homem em homem à procura do marido e do lindo rosto que ele levou."

Michele desceu do muro sem ser percebida. Seis pares de olhos encaravam fixamente a porta fechada; as pernas finas, algumas mais compridas que as outras, prontas para correr ao menor sinal de movimento.

— Se é um rosto lindo que ela quer, vocês aí podem ficar tranquilas. Mas, se eu fosse o Gabriel, tomaria muito cuidado. Agora me deem licença, que tenho mais o que fazer.

As mães disseram que é mentira. Mandaram parar com essas bobagens e ir para o banho, que daqui a pouco é hora de dormir. Mas o Clube da Alzira sabia dos perigos. Continuaram evitando a calçada da casa que um dia foi azul e o muro de pedra que parecia tão bom de subir. Sofia continuou voltando desacompanhada, correndo por cima dos paralelepípedos, depois do pôr do sol. Gabriel que parou de aparecer. Todo dia arranjava uma desculpa quando elas chamavam do portão. Melhor brincar sozinho no quarto.

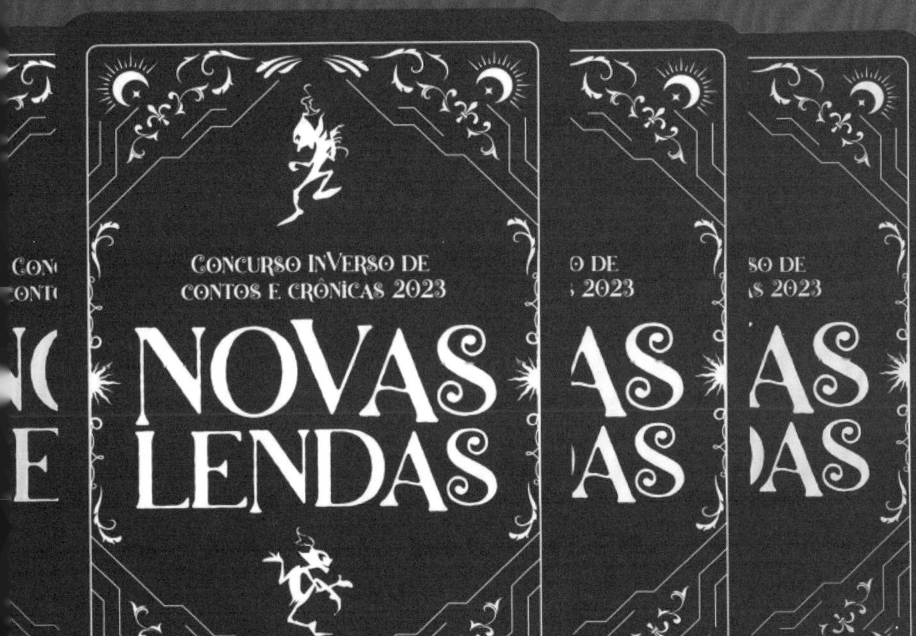
CONCURSO INVERSO DE
CONTOS E CRÔNICAS 2023
NOVAS
LENDAS

PARQUÍMETRO DE CÉU QUEBRADO

Henriq

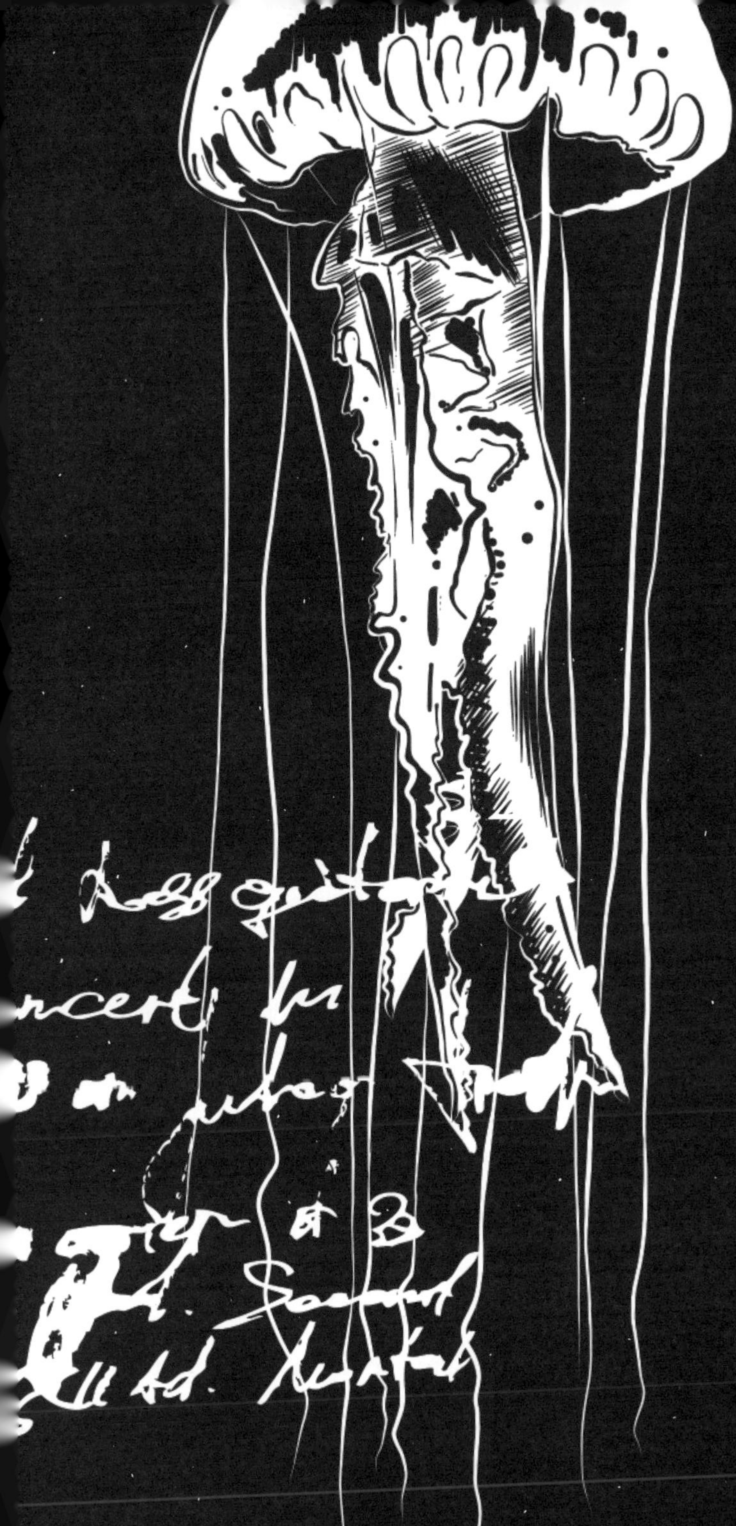

Saí descalço na chuva pra pular poças, saciar os fungos das unhas e induzir as crostas duras nas palmas dos pés. Parei na calçada rente à rua, convocando os pneus dos automóveis a cuspirem na minha boca cariada, tirei a camisa e abri os braços, as tetas em arrepio e duras conduzindo a orquestra dos pelos pretos e brancos me vestindo de zebra nos carnavais de madrugada sozinha, de lua escondendo da civilização seus filhos travessos e puros como pílulas que escapam da mão. Me receitaram três páginas de remédios e me escreveram em obituários uma caralhada de transtornos disso e daquilo misturados em uma salada gelada contornando um passado esquecido em alopatia: grelhas duras anestesiando em brasa o corpo que dorme 12 horas por dia e caga 4 vezes só na tarde. Me receitaram uma vida reduzida a cama e vaso: falei que preferia me estragar no balcão do boteco, ressuscitando o acaso e me movendo pelas vidências. Um dia libidinoso é mais brilhante que uma vida inteira apaziguada. Fugi do consultório e fui me drogar com droga de verdade, beber o vermelho negro das tripas em solavanco & sem atrito. Meus pés pulsavam, não precisava de chinelo algum, meu corpo era inteiro anticorpo, a doença desistia logo na entrada, me encontrei com um louco muito mais louco e ele tava vivo, velho e vivo, apesar dos amigos mortos, apesar das overdoses abortadas pelo detalhe das horas e dos encontros e apesar dos emparelhamentos e atraques e toda essa merda que atravessa a madrugada da cidade, e estava chovendo, não se ouvia porra nenhuma senão a chuva, de vez em quando um alarme, um curto-circuito como show de fogos, ele me perguntava se já era ano novo e se os anos 70 nunca viriam, se continuaríamos presos nessa paralisia histórica enquanto o mundo avançava por quatro dimensões escapando pelos contornos e nos deixando atônitos procurando pelo céu perdido, pelas estrelas, pelo dia mocado no invisível, se um dia acordaríamos disso tudo, se aquela noite era o prenúncio da penitência gargalhando em nossa própria boca, se ainda vivíamos, se tínhamos casa e família, se alguma imagem do passado ressurgiria, se seríamos tragados por alguma nuvem feiticeira ou se corroídos pela paisagem de pedras emparedando em edifícios, se seríamos a argamassa no meio dos tijolos, se isso tudo era sozinho, se o futuro era solidão viajante pelo espaço e então que já nos acostumássemos negando a socialidade, nos abandonando de tudo isso. Pegamos um guardanapo usado do chão, ele tirou uma caneta do bolso e atiramos planos de autossuficiência no pós-vida ou agora mesmo, pois não sabíamos em qual estávamos e não sabemos até hoje. Não havia fronteiras distinguíveis, e todo esse espaçamento burguês era esquecido ou só descabido, se perfurávamos o núcleo dessa miséria e arrancávamos o coração minúsculo, se a oscilação de temperatura da carne que suava em calor e frio distendia o mundo ao redor atraindo e repulsando os corpos, se a força havia de ser tirada do órgão mais putrificado em vida excessiva, se todo esse excesso transbordava sem escrúpulo, se não enxergava mais contorno algum boca alguma só uns fios de vozes zunindo no ônibus quando o assento flutuava enevoado pelos rostos em restos, pelas mercadorias submersas no naufrágio.

Chegamos ao centro de tudo, subimos ao alto de tudo e pernamos pelos terraços grudados dos prédios, corremos atrás das pombas. Agarrei a perna de uma pomba-dragão que nos embrenhou pelas fumaças da chuva dilatando as pupilas. Saltei pra agarrar o intátil e flutuei. Estamos margeando as bordas de um buraco negro, o espaço intermediário que não puxa pra dentro e também não permite o retorno. O entre-espaço de uma decisão única e unilateral, se o livre arbítrio não fosse uma técnica cinematográfica e bélica de apropriação da alma. Um monstro construído por palavras soltas era a borda do mundo nos empurrando de volta: ainda que nos travestíssemos de aberrações, o estelionato durava apenas segundos, o pé pisava fora e logo éramos jogados de volta pelos cabelos. Decidimos oferecer a garrafa de vinho que nos restava, o monstro desconfiado logo bebeu uns goles e desmaiou. Escalpamos sua pele e nos transformamos nos oficiais de fronteira bloqueando o espaço.

Nunca atravessamos, morremos da mesma forma e hoje caminhamos como espíritos por esse mesmo mundo que vive da ameaça, do limite como limiar de si mesmo, que impede a desterritorialização pelo entranhamento da vigilância. Hoje somos invisíveis a tudo isso ou ao menos mantemos a ilusão, ao menos nos destruímos como solventes, como pescoços derretendo nos punhos, deixando pra trás uma gosma fedorenta e por vezes ácida.

O GRILO DE DOMINGO

DAIANE PEREIRA RODRIGUES

Honra teu pai e tua mãe, a fim de que tenhas vida longa na terra que o Senhor, o teu Deus, te dá.

Êxodo 20:12

O grilo cantou a noite toda. Já tinha alguns dias que escutavam e não conseguiam localizá-lo. Naquela manhã não foi diferente; enquanto começavam os preparativos para o almoço, o grilo insistia em seu mal agouro, *cri cri cri...* resignado lampejo de má notícia, como o uivo dos cães noturnos. *Cri cri cri.* Era o primeiro Dia das Mães de Isabela, seu filho nasceria em uma ou duas semanas, a expectativa era grande para esse primeiro almoço com a presença da nova família, a do companheiro que assumiu seu filho como se fosse dele. Sete meses antes estava no interior, morando com a madrinha e a mãe. Andava com o filho do padeiro, já fazia um tempo que eles se encontravam às escondidas. Quando soube que estava grávida, João já havia mudado para outra cidade e a vergonha era tão grande que sua mãe a mandou para Curitiba, morar perto da irmã mais velha, que, essa sim, casou bem. Não ia ter mãe solteira dentro de casa, muito menos neto bastardo.

Ao chegar à capital, o acolhimento da irmã amenizou o vexame e ela até conseguiu trabalho como doméstica. E, contrariando todo prognóstico, Manuel apaixonou-se por ela e prontificou-se a assumir o papel de pai. Eles se casariam assim que o menino nascesse, porque havia de ser menino, para não sofrer.

Agora Maria coloca as batatas para cozinhar, a costela já está no espeto desde cedo. Está ansiosa para a chegada da irmã, que teve tanta sorte de conhecer Manuel e ele querer se casar com ela. Tudo vai ficar bem agora, a mãe talvez até aceite o neto depois de saber como as coisas estão se encaminhando. Mas esse grilo não dá um segundo de paz. Preocupada, grilo nunca é bom sinal! Olha atrás dos sofás, procura nos cantos das janelas entre um tempero e outro na cozinha, o cricrilar vai incomodar as visitas. Não há de ser nada, a vizinha não anda muito bem e certamente o barulho vem de lá, tão boa de ouvido que sempre foi. Onze horas, a irmã já devia ter chegado com o noivo. Deveriam ter se casado já; imagina se nasce uma menina e ele desiste de ser o pai, Deus me livre! O grilo continua sua sinfonia. Pega o telefone. Ninguém atende. Avisa o marido que vai pedir favor ao vizinho que é taxista.

A irmã estava sentada na cozinha, como se esperasse. O que foi, Isabela? Esqueceu o nosso almoço de Dias das Mães? Você não ia colocar aquele vestido que o Manuel te deu? Vamos! Vai acabar atrasando! A costela vai esfriar! Ela parecia não entender. Chegaram ao pronto-socorro já era meio-dia, a costela teve que ficar para depois. Medir pressão, temperatura, esperar... o futuro marido já tinha chegado para acompanhar.

Maria pensou com carinho nessa irmã, em como ela chegou desesperada há uns meses, tão novinha, tão sem rumo. Certamente ninguém nunca falou com ela sobre menstruação e outras coisas do corpo, mas ensinaram a se guardar e ela não o fez, nisso que dá! Não tiveram muito contato, a irmã nasceu tão depois, quando já tinha fugido para a capital e já tinha se casado longe da família. Isabela ainda era um bebê quando ela pegou aquele trem para nunca mais voltar. Em comum tinham o fato de que cresceram entre madrinhas e tias, a mãe tinha filhas demais para se ocupar sozinha. Depois da viuvez, com o segundo casamento, pensou que finalmente ia ter seu menino, mas mais uma vez se enganou e agora a pobre Isabela ia ter a mesma sina. A mãe devia ter algum defeito, não é possível! Deu no que deu: Isabela expulsa de casa e agora ali, aos cuidados da irmã, que em poucos meses foi o mais próximo de uma amiga, uma mãe, que ela já teve. Não a via como irmã, mas como quem compartilha a mesma dor de não ter infância, por isso a amava ainda mais, era a filha que nasceu da mãe, irmã no sentimento de revolta e vontade de partir. Agora ainda escutava o grilo no hospital, e pensou tê-lo escutado na casa da irmã; seria possível?

A família toda no pronto-socorro, o almoço de Dia das Mães ficou em segundo plano. Isabela não tinha noção do que acontecia naquele momento, mas sua mente lhe trazia as lembranças dos últimos dias em União da Vitória. A mãe bateu-lhe tanto quando soube da gravidez, jogou suas roupas para fora, e ela sentiu que sua vida acabava ali, quase se jogou da ponte, nem sabia que era possível chorar tanto assim. Nenhuma tia ou madrinha a quis em casa. Mal exemplo para as sobrinhas! Vergonha da rua, da cidade toda! Passaram alguns dias até que conseguisse enviar um recado para a irmã, perguntando se podia ficar com ela até a criança nascer. Pensou em dar o filho, com 15 anos ainda poderia refazer a vida. Mas na capital as coisas mudaram, quem diria, foi amor à primeira vista, e ele nem se importou com o fato de ela estar esperando um filho de outro. Era um homem bom. Não quis se casar antes do nascimento porque a imaginava linda no altar, podiam fingir aos olhos do padre que se casava virgem, ela merecia esse gosto depois de tudo que passou. Quase uma menina!

Não entende muito bem as pessoas a sua volta, algumas lembranças soltas em meio às luzes da sala de espera, passaram-se apenas alguns minutos desde que chegaram e todos se mobilizam para socorrê-la. Também escuta o grilo. Lembra-se da queda na semana passada, foi estender a roupa e caiu nos três últimos degraus. Não se sentiu mal, não quis incomodar o noivo, sempre tão trabalhador e prestativo. É um homem bom! No fim das contas, teve muita sorte, porque casar na capital era muito melhor que ficar no interior, e ele realmente a tratava bem e não deixava faltar nada.

Isabela criança, criada, cria, *cri cri cri cri cri...* Seu nariz começou a sangrar. Já não há nada a fazer. Eram 3 h da tarde quando anunciaram o óbito da mãe e do bebê. Viram o menino, lindo, já roxinho, morto há alguns dias, porém branquinho, até podia mesmo se passar por filho do Manuel. Não entendiam o que acontecera. Mas o choro, o luto, o espanto tomaram imediatamente o ambiente que naquele dia teria sido de festa. Ao chegarem a casa, a costela fechada no espeto, ninguém escutou o grilo.

O sabor amargo dessa história familiar seria contado uma e outra vez de geração em geração. O que ninguém nunca soube é que, entre as lembranças que se misturavam na mente de Isabela no último momento, a voz da mãe repetia-se como um eco: prefiro filha morta do que mãe solteira!

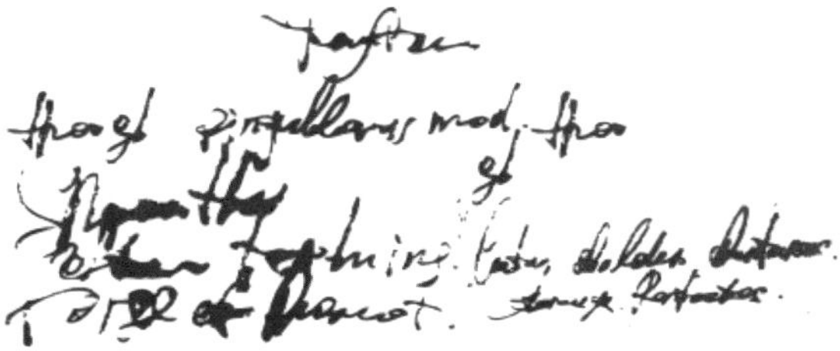

A CASA DO VAMPIRO NO ALTO DO ALTO DA GLÓRIA

HALINA PAGANELLI SILVA

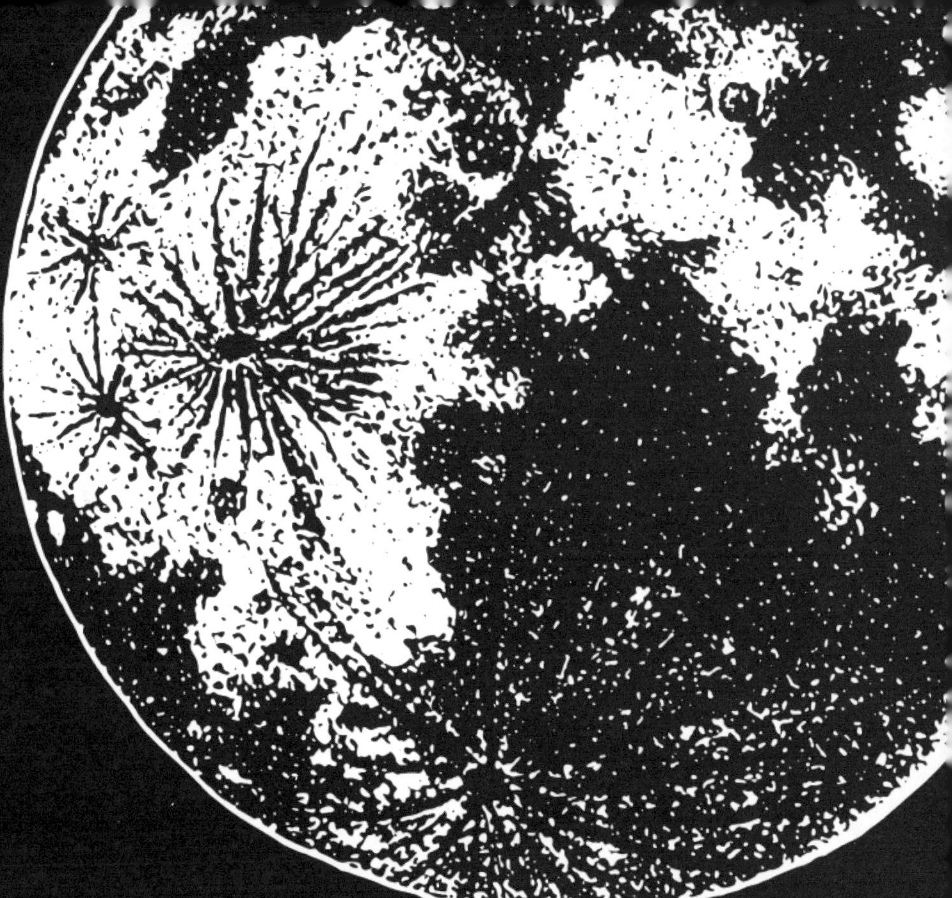

Uma casa decadente, saudosa de dias de pompa, em uma esquina privilegiada de uma cidade eternamente provinciana, mesmo quando emula uma metrópole. Construção envelhecida, com paredes gastas, portas e janelas sempre trancadas. Pouco restava de vida ali. Solitária, desconectada, decepcionada. Ainda assim, ecoava histórias, sussurros, suspiros, convidando a um abraço desconfortável de nostalgia.

De fora para dentro, um mistério, uma confusão entre criador e criatura, um conjunto de histórias fragmentadas. Sobre o mestre dos contos, um maestro de notas feias e acordes dissonantes. Um vampiro, uma entidade que, de tanto viver às sombras, de tanto desprezo, de tanto apontar feridas, de tão genialmente iluminar aquilo que se deseja esconder, destacou-se, ganhou prêmios, tornou-se cidadão ilustre, tema de vestibular, motivo para holofotes e orgulho bairrista.

De dentro para fora, uma visão embaçada de uma cidade tacanha e fria, uma distorção entre presente e passado, real e imaginário, amigos e inimigos, uma aspiração de luxúria em contraponto a uma rotina de solidão. Um retrato duvidoso e seco, sem nenhuma necessidade de cores, excessos, modos, valores, pudores ou censura. Um desejo que nunca sacia, uma cidade perdida, de personagens vis e sem propósito, uma aflição.

Por décadas o castelo desencantado transformado em souvenir obscuro e seu vampiro recluso alimentaram narrativas. Ironicamente, em uma cidade de pontos turísticos maquiados, o local tornou-se uma atração não oficial. Para curiosos, leitores e admiradores inconformados em busca de um lampejo, uma espiada, um relance de seu morador. Numa tentativa de decifrá-lo, quem sabe. Porque, apesar do sucesso, só o que se sabe sobre ele é o que escapou por suas obras, o que se supõe, o que dizem. Nada confirmado, nada documentado. Propositalmente ou não, tudo amplificando a aura de enigma ao seu redor.

Dizem que a sorte às vezes presenteava os mais dedicados visitantes do local. Avistavam o conde da noite caminhando com sacolas de supermercado, ao entardecer. Cabeça baixa, boné cobrindo parte do rosto, roupas comuns, tênis branco. Não bem um presente, talvez uma decepção. Afinal, a imagem de um senhor qualquer, não de uma criatura sórdida, de capa preta manchada de sangue e sofrimento, em nada alimentava o frisson que tanto buscavam.

Há também relatos de que alguns de fato conseguiram adentrar o castelo. Certa vez, dizem, o mestre se compadeceu de um de seus discípulos, que há dias enfrentava o frio em frente ao portão, livro em mãos, em busca de um autógrafo ou um contato qualquer. Convidou-o a entrar, a se aquecer. O senso comum diria que foi seduzido, depois destruído. Uma mordida no pescoço, fluídos sugados, até que energia nenhuma mais restasse. Cairia duro como uma pedra, ao lado do livro aberto na página do raríssimo autógrafo conquistado. Reza a lenda, no entanto, que nada disso aconteceu. Conversaram, riram, tornaram-se amigos, trocam cartas e caderninhos de anotações até hoje.

De acordo com fontes imprecisas, o vampiro só pretendia sair dali morto, ou nem mesmo assim. Faria todo sentido: aquele monumento à solidão, expressão física sombria de desencanto e crueza seria mesmo o lar ideal para uma assombração, para compor o folclore popular. Um cenário abandonado, onde uma entidade vampiresca atormenta a vizinhança com crueldade, malícia e ressentimento. Lenda urbana perfeita em qualquer cidade, não fosse o sarcasmo do tempo e a perversão até de perversos que caracteriza Curitiba.

Porque, mesmo para um ser das trevas, chegou a velhice, trazendo com ela seus desafios. Doenças, dificuldades, perda de autonomia, necessidade de auxílio. E o palácio, tão ou mais decrépito que seu dono, precisando urgentemente de reformas, reparos, manutenções. Se isso já seria suficiente para antagonizar a presença eterna do grande antagonista em seu castelo, veio o golpe fatal, como vingança mesquinha da Transilvânia das Araucárias.

Cansada de ser estereotipada, a cidade mandou um personagem que bem poderia ter saído de um dos contos do autor para assaltar a sua casa. Não um ladrão assombroso de grandes metrópoles, daqueles que dominam o submundo, surgindo das sombras com mãos velozes, tomando tudo o que desejam e fugindo sem deixar vestígios. Do contrário, um ser corroído, desenganado, um pobre coitado. Incompetente, não conseguiu nem escapar. Foi preso em flagrante, envergonhado.

Engano, porém, pensar que, da propriedade, o assaltante não levou nada. Levou justamente o que ela tinha de mais precioso: seu ilustre morador. O assalto, dizem, foi a investida final para expulsar o vampiro, que hoje vive em um apartamento no centro. Com isso, expulsou também o véu de suspense, o encantamento e os fãs resignados. Rebaixou a lenda a uma simples casa.

Sobre o futuro daquela esquina, pode-se apenas especular. Quem sabe um novo empreendimento de alto padrão, onde ricos cínicos poderão regozijar-se imersos em piscinas aquecidas privativas na sacada. Nomeado em homenagem ao antigo morador, seguido de um estrangeirismo para engrandecer, algo como Trevisan Palace. Talvez um justo tombamento, considerando-se a importância histórica e arquitetônica do local. Neste caso, um museu, um café, onde gente pernóstica e chata discutirá o legado do autor enquanto aprecia um latte macchiato.

Por fim, uma alternativa triste, mas condizente com a cidade hipócrita que o mestre pintava. As ruínas invadidas por viciados, prostitutas, delinquentes. Todos misturados, amontoados, sujos, fedidos, sobrevivendo de forma promíscua, do modo mais degenerado que há. Esbofeteando a Curitiba com baixeza, bem ali, no que restar da casa do vampiro, no alto do Alto da Glória.

OSPÉS

Tiago dos Santos
de Souza Hatayama

No exato instante em que ele se despediu dos novos sócios, uma voz chamou-o pelo seu verdadeiro nome. Seguiu sorrindo, cumprimentando a todos, fingindo que ter alguém berrando dentro de sua cabeça era algo extremamente normal. Mas, assim que a reunião de negócios se encerrou, ele correu na direção do estacionamento.

A secretária estranhou.

— *Aconteceu alguma coisa, senhor?*

O jovem empresário — milionário, mais de 50 mil seguidores no Instagram — cuspiu um palavrão capaz de incendiar florestas inteiras.

No carro as coisas pioraram. A voz ainda estava lá, estrondando. Ele tapou os ouvidos, urrando, deitado no banco de trás, os pés martelando a lataria. A secretária gemia ao telefone, *doutor, tem alguma coisa errada com ele.* O chofer, coitado, clamava à Santa Virgem, enquanto acelerava: *Hospital, rápido!*, esticando curvas e amassando retas.

Até que, inesperadamente, tudo cessou.

Ele aliviou-se.

Instantes depois a voz voltou — só que dessa vez sussurrando.

(por favor, me ajude)

Ele desesperou-se. Olhou ao redor. Chovia pesado lá fora. Pensou em fugir.

Foi quando a viu.

— *Pare o carro, agora.*

— *Mas... senhor... este bairro é muito peri...*

Ele abriu a porta. Escapou aos trambolhões — os pés pareciam torcidos e retorcidos — caiu, mas levantou-se, pouco se lixando para a vergonha, para a internet dizendo que ele teve um surto. Dane-se a reputação, pensou, eles que se explodam, ninguém tem nada a ver com isso.

Enquanto atravessava aquela pequena praça, trôpego, como um bêbado, indo na direção daquela desconhecida, uma intuição surgiu, certeira, e ele soube: aquele chão, repleto de pedras e concreto, escondia uma floresta.

(você se foi)

De fato, aquele lugar havia sido mata virgem, mas morrera e reencarnara como cidade. Triste sina esta a de aturar os bichos humanos-urbanos, com seus pés direitos e esquerdos, sempre apressados, cegos para a natureza ao redor, babando sobre seus celulares, esquecendo-se de olhar para a lua. Gente tonta, lambendo sonhos, mastigando pesadelos, enquanto os filhos, coitadinhos, pendulavam em balanços enferrujados, malcriados, gargalhando nas gangorras, tristes, salivando diante das telas, modernas carrocinhas de pipoca.

(mas eu te perdoo)

Ela estava encurvada, em um canto escuro, cercada por pedras e sacos de lixo. Respirava com dificuldade, abafada entre dois prédios imensos, siameses imperfeitos, frutos restolhados de uma pérfida engenharia — responsável por acinzentar o verde, famosa por cobrir de asfalto a carne macia da terra.

(qual é seu nome?)

O rosto estava emaciado pelo arranhar dos dias. Os cabelos, de um amarelo quase translúcido, caíam sobre os ombros. A barriga murcha, as coxas magras, os joelhos rotundos, as pernas tortas. Os pés, atrofiados. Antes ela poderia sustentar o mundo: agora, era terra devastada, tão mirrada que um par de passarinhos seria capaz de quebrar-lhe os ossos.

(você ainda me ama?)

Ele se ajoelhou e abraçou aquele tronco fino; e diante da decadência — da sua própria decadência — lembrou-se de que um dia dissera *estou cansado.* Queria ganhar o mundo, respirar outros ares, uma vida sem responsabilidades.

Foi-se embora, ansiando ser diferente, e para isso renegou tudo o que havia sido até então.

— *Eu... sou... outra pessoa...?!*

Ao reconhecer isso, ele permitiu que a magia fluísse sobre ele, e a mudança começasse.

Seus cabelos, cuidadosamente armados em um coque samurai, desmancharam-se. Os fios voltaram a ser ruivos. As roupas — gravata *slim*, camisa branca, terno verde-musgo, meias e sapatos de grife — começaram a se desfiar.

(o que houve com seus pés?)

Ele viu as cicatrizes. Pareciam linhas de costura, rodeando seus tornozelos, descendo até os calcanhares. Registros de um passado esquecido e que agora desabava sobre ele.

Seus olhos embaçaram-se como se tivesse sofrido um golpe de tacape direto na nuca.

Lembrou-se dos cabelos grisalhos do velho sacerdote espanhol.

José. Anchieta.

— *Venha, curumim, é preciso suportar tudo isso por amor dos eleitos.*

A conversão, a catequese, a cidade, o seminário.

Os pés escondidos sob as batinas.

— *Teu nome agora é Francisco.*

Os caçadores não tinham mais medo dele. Os seringueiros não eram mais atraídos para a morte, muito menos vagavam eternamente.

Acabaram-se as flechas, as penas, os presentes deixados pelos nativos — a cachaça, o fumo.

Mas o tempo, voando como flecha, levou embora o padre.

No fim, levou a todos.

Seu nome deixou de ser dito, a não ser como tema em trabalhos escolares.

Lenda.

(eu sei quem você é)

Ele abandonou o sacerdócio. Pintou os cabelos. A tanga virou batina, que virou terno. Mudou de casa, mudou de nome, trocou de pele.

Largou-se na vida, esqueceu sua própria história; perdeu eras inteiras.

Um dia ele acordou homem de negócios. Colecionava *startups.* Enriqueceu. Podia tudo, não se negava a nada. Até que um dia decidiu retirar a única coisa que sobrara da vida pregressa.

Os médicos resumiram em uma palavra.

Mielomeningocele.

Vieram as cirurgias. Seus pés foram "consertados". E, assim, acabou-se a floresta.

(você precisa lembrar)

Depois que ele se foi, tudo ruiu. Apenas ela sobrou — como a bandeira que o astronauta cravara no crânio da Lua. Mero lembrete da exuberância que jazia cimentada sob os pés dos homens. Ela era a voz em sua cabeça; ela que, desde priscas eras, estava ali, cuidando da floresta.

Samaúna.

— *Eu me lembro.*

Ele voltou a ser menino. Voltou a ter a cor da floresta. Voltou a ser planta, a ser leito de rio. Tornou-se terra, formiga, pássaro, lobo guará, borboleta, sapo, capivara. Seus olhos, antes caroços de tucumã, tornaram-se verdes como o abacate. Ele recuperou a fúria da onça. A força da harpia. O veneno da serpente. A velocidade do falcão.

Ele teve ódio.

Da fumaça, da buzina, do lixo, do asfalto.

Tanto vazio, tanta gente, tão pouco bicho, tão pouco fogo, tão pouco amor.

Um galho afagou seu rosto.

(grite. para nós. por nós)

— *Não acredito que me esqueci de você, minha amiga* — ele disse.

Seus pés viraram-se ao contrário.

Consertaram-se.

(grite)

E ele gritou e voltou a ser o que era.

Curupira, o guardião, espírito da floresta.

E ela também voltou a ser o que era.

Samaúna, a árvore sagrada, sentinela da floresta.

Os humanos também ouviram o grito e se arregalaram.

Pobres coitados.

Também voltaram a ser o que eram.

(perdidos)

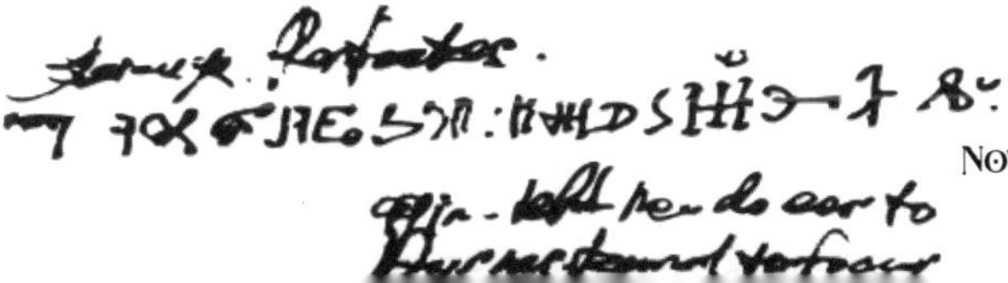

CONCURSO INVERSO DE
CONTOS E CRÔNICAS 2023
NOVAS
LENDAS

CONCURSO INVERSO DE
CONTOS E CRÔNICAS 2023
NOVAS
LENDAS

N.º 13

ADAÍLTON ALMEIDA DE SOUSA

A vizinhança era banhada por um silêncio inquietante, mas alguns gatos reviravam as latas de lixo, nada que despertasse quem estivesse em um sono profundo.

No beco, um poste em frente donde se erguia imponente o velho casarão piscava intermitente, antes de se apagar de vez.

Rua deserta, a não ser por um ancião carrancudo ao longe, puxando um carrinho de mão, carregando o que pareciam ser bolsas de couro envelhecidas. Virou a esquina e sumiu de vista, sob o olhar do novo morador do apartamento, que o espiava pela janela.

O homem não tivera tempo de conversar com nenhum vizinho. Apenas acenou para uma mulher que entrava no casarão, que o olhou apreensiva e fechou a porta, sem responder ao gesto de cordialidade. A vizinhança não havia lhe causado uma boa impressão inicialmente.

Não estava muito preocupado com isso, pois ficaria no máximo dois meses a trabalho, até a conclusão da ponte que ligava a cidade a outro município. Ele era o engenheiro encarregado da fiscalização do projeto.

O local onde ficaria hospedado não era muito convidativo. O dono do imóvel entregou-lhe a chave pela manhã, um homem barbudo e desajeitado, com um nariz saliente e óculos escuros. Disse que não teria muito tempo para ficar de conversa, porque tinha que voltar para a funerária, seu negócio, que, segundo ele, ia de mal a pior. Comentou rapidamente que era o único dono de funerária do local e esperava lucrar com o negócio, mas, depois de construída a ponte, teria que pensar em outra coisa para fazer, por causa da concorrência que havia na cidade vizinha.

O apartamento era baixo e não era muito agradável; tinha cheiro de mofo e móveis antigos que rangiam, mas não havia encontrado lugar melhor naquele pequeno bairro — o mais perto do canteiro de construção.

No fim da tarde retornou ao apartamento. Fazia frio, só queria um banho quente. Ao girar a chave na fechadura, um idoso tocou-lhe o ombro e perguntou se gostaria de comprar uma bolsa para sua esposa; o homem então olhou os objetos com certa repugnância, pois eram de um material estranho e cheiravam mal. Agradeceu e disse que era solteiro. E mesmo que tivesse esposa, não a presentearia com aquilo, pensou.

O idoso sorriu, e foi possível perceber que lhe faltavam todos os dentes, com exceção das presas superiores e inferiores. O ancião disse qualquer coisa sobre a pele do homem, que era bronzeada e provavelmente que ele não era do sul, e o homem limitou-se a assentir, pediu licença, inventou uma desculpa qualquer e entrou.

Já à noite, deitou-se e passou os olhos pelo jornal local, que comprara mais cedo; de fato, o dono da funerária tinha razão: o obituário estava vazio. Folheou mais algumas páginas e uma manchete na penúltima chamou-lhe atenção. Notou o desaparecimento de uma moça jovem, que fora vista pela última vez naquele bairro, onde ele estava hospedado. Dizia a notícia que era a terceira pessoa a desaparecer dentro de um mês. Achou estranho; aliás, o lugar era pequeno demais e as pessoas deviam ser conhecidas uma das outras; não seria fácil sumir sem deixar notícias. Deixou o jornal de lado, fechou os olhos e não demorou a cair no sono.

Ouvia-se apenas o tique-taque do relógio, que anunciou meia-noite, logo 1 h, 2 h, por fim 3 h da manhã, ocasião em que o homem despertou do sono pesado; começou a cair uma violenta tempestade, como se dardos de chumbo salpicassem a varanda.

Atordoado de sono, o homem esfregou os olhos, bocejou lentamente e ficou fitando a escuridão do quarto. Após alguns minutos, a chuva diminuiu, mas o sono não voltou;

resolveu ir até a cozinha tomar o copo d'água, porém, ao acionar o interruptor do abajur, notou que o prédio estava sem energia.

Mal-humorado, adiou o copo d'água e cobriu-se com o lençol. Fechou os olhos, mas não demorou em abri-los novamente. O barulho sobre a varanda havia voltado, só que agora era pontual, como se alguém caminhasse sobre o parapeito. Gatos!, pensou.

Porém o barulho era forte demais, pesado demais para ser travessura de gatos. Mudou de opinião rapidamente: devia ser algum ladrão, devia acionar a polícia! Sua respiração tornou-se ofegante e suas mãos começaram a transpirar. Um frio percorreu-lhe a nuca quando um trovão estalou. Entre a meia-luz de um raio que iluminou o recinto, teve a sensação de ver uma mão pálida no vão da porta-balcão entreaberta.

Começou a acionar o interruptor da luz freneticamente e lembrou-se da queda de energia; então pegou o celular e acionou a lanterna, iluminando parte do quarto. Não havia ninguém além dele.

Suspirou aliviado, mas vigilante, tentando ultrapassar com os olhos a penumbra.

Iria até a varanda pegar um ar fresco; colocou os pés no piso de tábuas, que rangeram, mas, ainda sentado na cama, sentiu algo úmido nos pés e nas mãos; notou uma poça justamente sobre a cama.

Enxugou as mãos e notou que tinha uma textura viscosa, levou os dedos ao nariz e sentiu um cheiro ferroso. O desespero tomou-o novamente: se estivesse certo, aquilo era sangue. Levantou-se apressadamente e correu em direção à porta, girando a maçaneta convulsivamente; antes aberta, naquele momento, estava fechada.

A garganta iniciou um grito, que foi abafado por uma mão gélida que lhe tapou a boca.

Passaram-se dias, a ponte ficou pela metade. O bairro continuou o mesmo, a não ser pela felicidade da mulher que morava no casarão ao lado, que agora andava de bolsa nova e cantarolava; e pelo dono da funerária, que vendeu o apartamento para um idoso e mudou-se para a cidade vizinha para começar um novo negócio na indústria de curtume.

O poste do beco foi consertado, nele, afixado, encontrava-se agora um recorte de jornal com a foto do morador do apartamento n.º 13, e logo abaixo se lia: DESAPARECIDO.

Huguinho, Zezinho e Luizinho

José Roberto Bernardino da Silva

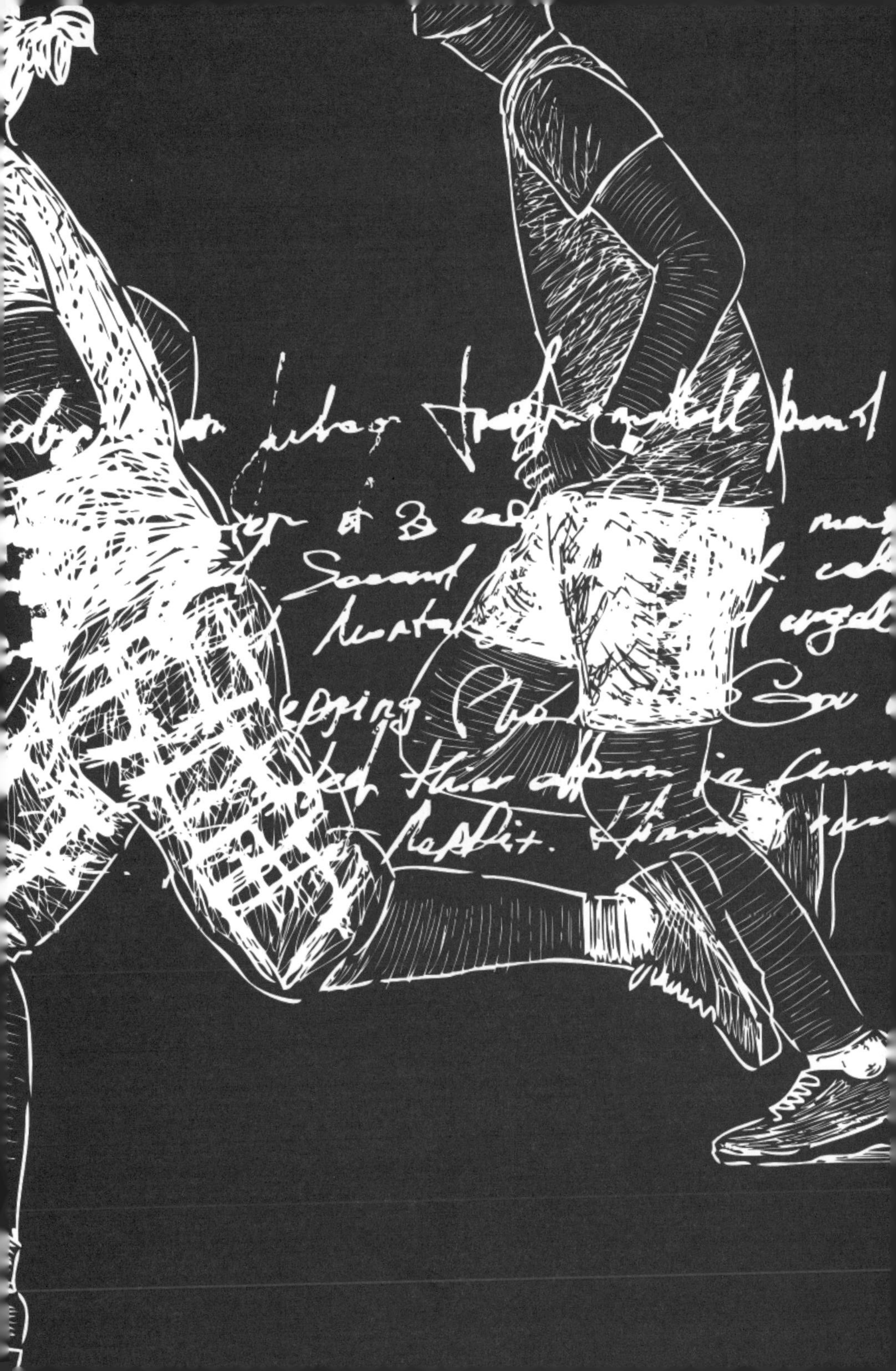

Hugo, José e Luís eram três irmãos. De manhã, acordaram bem cedinho e saíram para trabalhar na roça sem tomar um gole de café. No caminho colhiam algumas frutas donde tiravam as poucas forças que ajudavam a empunhar a foice cega. Meio-dia chegavam às pressas, molhavam-se esfregando o rachão dos pés com um pequeno caco de telha, comiam um punhado de farinha com feijão e saíam para a escola. Naquele dia Luís, o mais velho, teve uma aula especial sobre o ECA, o Estatuto da Criança e do Adolescente. Maria Lúcia, assistente social do município, ministrou uma palestra falando sobre os direitos e deveres dos jovens cidadãos. Depois do falatório, assistiram a um vídeo sobre medidas socioeducativas, DCAs e coisas do tipo. Ao tocar o sino da saída, Luís correu à procura de seus irmãos, deixou até os livros na sala. Os três sentaram na calçada da escola e Luís relatou tudo o que aprendera na aula especial. Alunos e professores admiravam-se com o entusiasmo com que os três irmãos debatiam as novas informações. Depois de 40 minutos, os irmãos seguiram para os fundos da escola, tiraram as camisas e cobriram o rosto como se fosse uma espécie de touca ninja ou balaclava caseira. Os meninos, aparentemente camuflados, saíram em fila indiana. Luís havia pegado uma serrinha de pão na cantina da escola, e com esta em punho chegaram até o mercadinho que ficava em frente à escola.

— Moço, moço, isso aqui é um "rôbo"! — disse Luís, eufórico. — É um "rôbo" sim! Tá ouvindo? — repetiu, sorrindo como numa brincadeira inocente. Hugo pulava e batia os braços, cheio de emoção.

Seu Josivaldo, dono da mercearia, ficou paralisado, pois nunca havia acontecido um furto sequer em toda a localidade. "Será gente de fora? Da capital, com certeza", pensava seu Josivaldo, recolhendo o dinheiro apurado até então. Assustado pelo fato de ser a primeira vez que era assaltado, o comerciante não reconheceu os meninos que por muitas vezes fizeram favores em troca de comida.

Ao receber o produto do "rôbo", os três meninos saíram pulando e brincando, simplesmente saíram e sentaram a alguns metros do local, pois não tinham intenção de fugir. Seu Josivaldo, já recomposto, saiu, desesperado, como quem tinha perdido uma fortuna; na verdade, sua perda não passou de 30 reais. Possuído pela fúria, avistou os meninos sentados e distraídos.

— Pega ladrão!!! Pega! Pega!

Outras pessoas que estavam em casa cuidando da própria vida escutaram o alarido e deixaram o que estavam fazendo para buscar justiça. Alguns saíam com pau, outros apanhavam pedras na rua, todos com o mesmo objetivo: fazer o que era certo.

Luís, ao perceber o movimento, chamou os irmãos, que se levantaram e o seguiram ao encontro das pessoas. Ao estender a mão inocentemente com os trocados de seu Josivaldo, recebeu tamanho golpe na cabeça que já caiu desfalecido. Ao ver aquela cena, Hugo ficou em choque; José, que era o menor, correu imediatamente. Quando Hugo se deu conta da situação, seu irmão já estava esfacelado no chão, e, antes que ele abrisse a boca, a multidão, enlouquecida, partiu para cima dele como um exame de abelhas assassinas. Depois de muita pancadaria, algumas pessoas perceberam a barbárie que estavam cometendo e começaram a impedir os outros. Quando deram por si, já estavam filmando o corpo dos meninos, alguns chorando, arrependidos, outros se vangloriando, até que a polícia chegou com a reportagem. Enquanto estavam isolando a área, um morador encontrou José escondido dentro de um canal e levou-o até os policiais.

As pessoas empurravam-se para ver os corpos no chão, outros só queriam aparecer na TV. Depois que a polícia isolou totalmente o local, o delegado titular foi até os repórteres para atualizar a situação.

— O que aconteceu realmente? – perguntou a repórter.

— Bem, assim, segundo os relatos que apuramos com os populares, acreditamos que... o que aconteceu aqui foi é... que, parece que...

os meninos foram assaltar o comércio do cidadão e as pessoas se revoltaram... e.... fizeram justiça com as próprias mãos — respondeu o delegado, muito abalado.

— Pelas informações que tivemos, os meliantes eram três, não é isso, delegado? E apenas dois vieram a tombar. Quem são eles, delegado, o senhor falou com o terceiro? O que ele disse?

— É! Encontramos o terceiro escondido, totalmente aterrorizado, os outros dois vieram a falecer, foram brutalmente assassinados, tiveram a cabeça esfacelada... bateram com pedra, pau, tudo que encontraram pela frente. Os três são crianças aqui da região, moram um pouco afastados, mas são conhecidos aqui de todo mundo. Segundo algumas informações colhidas, são crianças boas, nunca fizeram nada de errado, estudam e trabalham na roça... Nós falamos com o pequeno, e ele disse que foi ideia do mais velho fazer o assalto.

— Então, delegado, é isso? Quer dizer que o mais velho incentivou os dois irmãos a fazer o assalto? O mais velho, que deveria ser um exemplo, não é, delegado?

— Bem, eu... er... ele falou que o irmão mais velho disse que, se eles fossem presos, eles iriam para um centro de reabilitação, onde seriam cuidados, onde não teriam que trabalhar, onde teriam três refeições diárias, horário para recreação e lanche. Falou também que cada um teria sua cama e roupa limpa todo dia. Ele disse para os irmãos que lá seriam felizes.

— Bem, delegado, realmente isso é algo inesperado. Desculpe, er... bem, meu Deus! E, depois dessa fatalidade, como o menino está, senhor delegado?

— Ele está abalado com a morte dos irmãos, mas está conformado, ele sabe que vai ser detido e ainda acha que vai para esse lugar feliz.

— Eu, é, bem... é com vocês aí no estúdio.

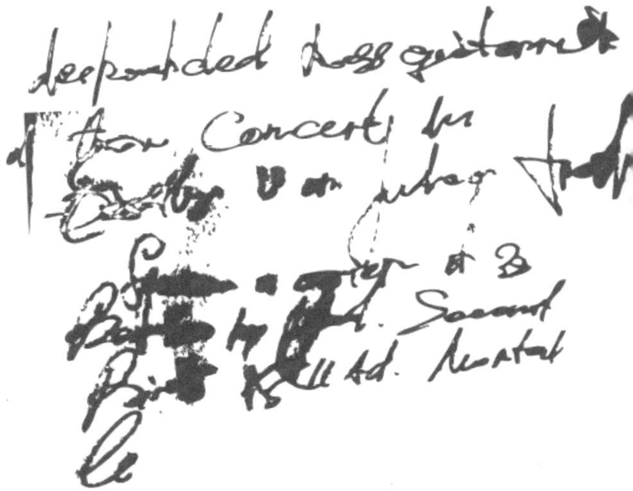

O BARULHO DO VENTO

IRIS RIBEIRO

Minha mãe, Maria, não aguentou de contentamento quando viu de longe os padrinhos chegando e com eles o vento frio que já anunciava o início do inverno. Gente rica que morava em uma fazenda em Santa Catarina, contava-se que lá se tinha de tudo: cavalo, vaca, boi, galinhas e até mesmo uma avestruz! Eu não tinha muita certeza de como era o bicho, mas meu pai contou que corria muito rápido e era bravo demais da conta.

— A casa é modesta, mas tem chimarrão e a sopa já está no fogão à lenha — disse minha mãe, meio tímida.

— Não se preocupe, comadre, estamos de passagem, não queremos incomodar — foi logo falando o meu padrinho de batismo, enquanto a madrinha ao seu lado sorria. — Na realidade, viemos ver como está o nosso afilhado João e fazer um pedido aos compadres. Queremos levar nosso afilhado para conhecer nossa fazenda, como presente de aniversário. Se os compadres permitirem, nós mesmos vamos ensinar as letras para ele até a volta, que não vai demorar muito.

— Não se preocupe, Maria, o guri ficará bem — falou a madrinha. Só queremos que ele tenha um aniversário diferente. Faz dois ou três aniversários que não aparecemos por aqui com algum presente.

— A comadre é de confiança, eu fico tranquila, mas ele é guri agitado, não sabe ficar muito tempo quieto. Vai dar trabalho!

A mãe olhou para o pai de canto de olho, como que dizendo: "Fale algo, homem!"

De repente o pai olhou para mim e perguntou:

— E tu, guri? Tem vontade de passar um tempo longe de casa?

— Eu quero, pai!! — Não pensei duas vezes, afinal de contas eu queria conhecer a famosa avestruz.

— Então, se o guri quer e os compadres vão levar e trazer, tem minha permissão.

A mãe, meio sem jeito, acabou concordando e foi arrumar a minha mala e já me levou para o quarto com ela:

— Filho, obedeça a seus padrinhos, não incomode, não faça malcriação e seja sempre educado. Somos pobres, mas te ensinamos a obedecer e a respeitar os mais velhos.

O pai me abraçou meio forte, me deu uns tapinhas nas costas e falou:

— Juízo, guri!

A mãe, já conformada e sem reação alguma, me deu um beijo no rosto, me abraçou e disse:

— Até mais, meu filho. Deus te acompanhe e te guarde!

O trem sacudia bastante, fui sentindo o sono chegar, e a paisagem foi ficando para trás enquanto os trilhos passavam rapidamente ao meu lado. E, quando estava nem acordado nem dormindo, ouvi um barulho que achei que era do vento, mas olhei para fora da janela e vi um menino num cavalo branco; era franzino como eu, mas sua pele era preta e eu ouvi o menino dizer: "Quando tu perderes algo, me chame para eu te ajudar a encontrar; mesmo que não me veja, estarei contigo!"

— José, tu não achas que os compadres estão demorando demais?

Já fazia três meses que João ainda não tinha voltado para casa, deixando sua mãe preocupada com o que deveria ser apenas um passeio de aniversário. Mas seu marido não pensava da mesma forma:

— Oh, Maria! Lá vem tu com as suas desconfianças!

— É que nosso filho tem que voltar para a escola.

— Não lembra que a comadre disse que ensinava as letras para ele?!

— Que Deus me perdoe, mas ela nunca teve filho, sabe lá se tem jeito para essas coisas.

— Daqui a pouco estão aqui de volta com o nosso filho melhor do que foi.

— Deus te ouça, José! Mas meu coração anda "apertado", e coração de mãe não se engana!

Naquela fazenda, não havia presente algum, muito menos a tal avestruz. No pequeno quarto em que João ficava todas as noites, o mais perto do sonho que poderia chegar era a hora do sono, já que a realidade se mostrou cruel assim que atravessou os portões daquele lugar.

Logo os padrinhos se revelaram os monstros de um pesadelo que era mais real que suas promessas. A diversão tornou-se trabalho; e a confiança, um fardo.

Com o pouco de fé que lhe restara, juntando suas pequenas mãos calejadas, ao fechar os olhos, chamava aquele menino que vira no trem, e sonhava quase todas as noites com ele. O Negrinho do Pastoreio, que também tinha sido judiado e perdido a sua liberdade.

No dia seguinte, na hora do jantar, os cachorros começaram a latir avisando que alguém tinha chegado ao portão.

— Vizinhos, nos perdoem o horário, o pneu do nosso carro furou e estamos sem estepe.

O homem parecia constrangido, e a mulher, atenta a minha presença, perguntou quem eu era.

— É nosso afilhado lá do Rio Grande, falou o padrinho.

A mulher ainda me olhava com curiosidade quando perguntou:

— E qual é o seu nome, menino?

— João.

O padrinho logo tratou de mudar o rumo da conversa:

— Tudo bem, vizinho Gomercindo, vamos emprestar o estepe e não tem pressa para devolver — falou o padrinho.

A esposa do seu Gomercindo ainda tentou convencer a madrinha a me deixar ir brincar com os seus filhos e também ir à missa com eles, porém não teve jeito, a madrinha deixou de responder quando o padrinho voltou com o estepe.

— Vamos embora, mulher! Já abusamos demais da paciência dos vizinhos.

Os dias custavam a passar naquele lugar. Sempre acordava com o corpo dolorido e já cansado para fazer as lidas da fazenda sozinho, porque os padrinhos tinham ido comprar mantimentos em outro vilarejo; pelas minhas contas, isso já fazia dois dias e ainda não tinham voltado. De longe ouvi um barulho esquisito, até achei que fossem eles, só que quando saí do meu quartinho tinha um carro com uma luz vermelha que girava e de lá saíram uns homens usando roupas pretas e chapéu diferente na cabeça. Logo atrás deles, vi que a vizinha tinha voltado com o seu Gomercindo.

— Tu estás livre, menino! — disse um dos homens.

A vizinha simpática se aproximou e perguntou carinhosamente:

— Como se chamam os seus pais?

— Meu pai se chama José, e a minha mãe se chama Maria.

— Olhe, enquanto não acharmos a sua família, tu ficas lá em casa. Está bem?

Concordei com a cabeça, sentindo o vento forte fazendo barulho, e de repente ali de pé, acordado mesmo, vi ao longe o menino me olhando montado no seu cavalo branco. No rosto um sorriso largo; enfim ele conseguiu me libertar!

O DOR-DA -RAÇA

Vinícius Henrique Gonçalves Reis

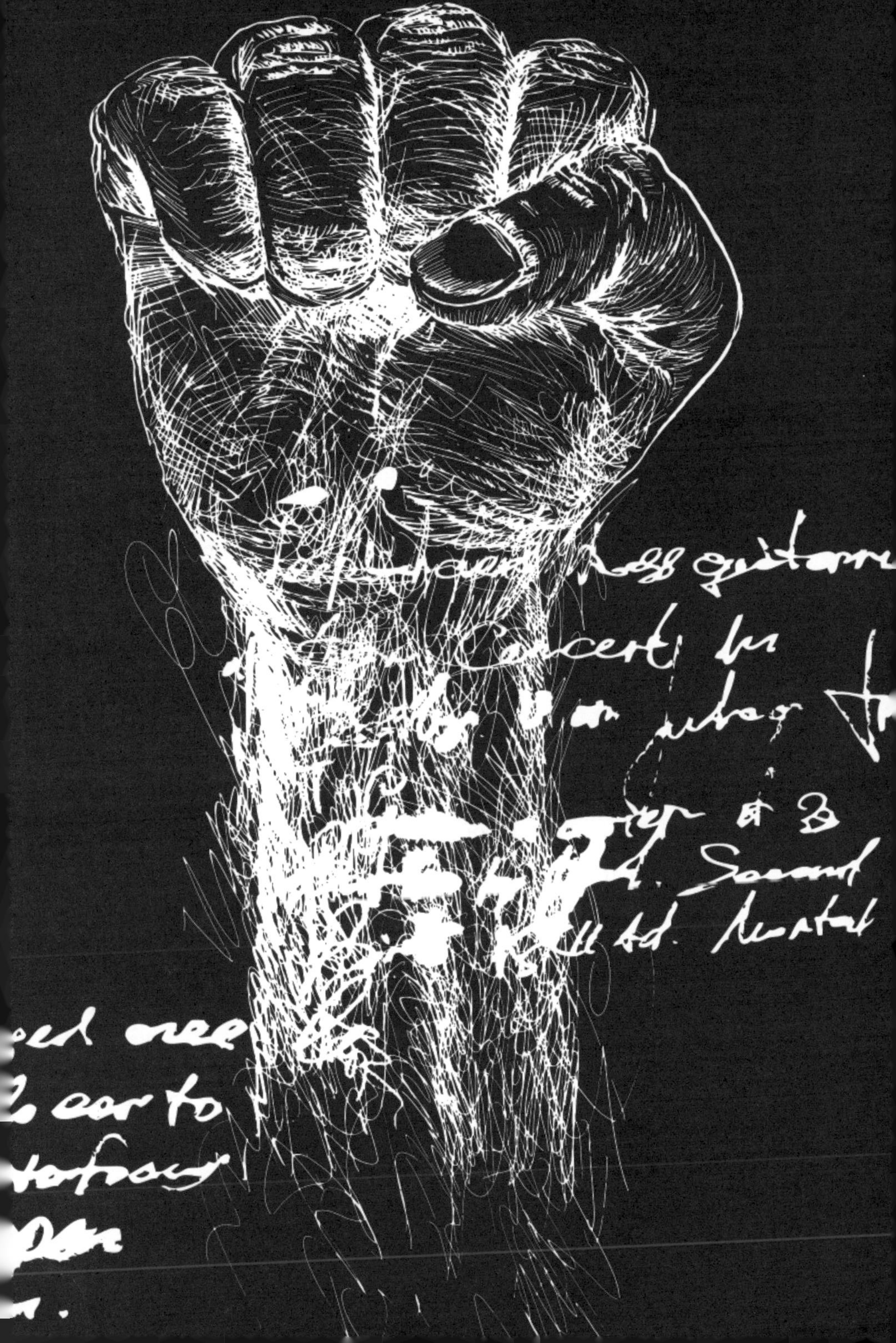

Dina era uma jovem linda e branca como a neve. Mas a beleza de seu rosto contrastava com suas ações. Dina adorava admoestar as pessoas que trabalhavam em sua casa chamando-as de serviçais. Endinheirada, filha de dois ruralistas muito influentes, Dina não se importava com o que dizia ou fazia, pois bastaria aos pais acionar um dos amigos juízes para amenizar os danos.

Entre os serviçais, Dina tinha uma preferida. Esta era Iolanda. A faxineira viu Dina sair do berço e tornar-se uma adolescente. Para tristeza de Iolanda, uma adolescente sem respeito, cruel e racista.

Apesar de não ter terminado os estudos, Iolanda sabia e adorava ler. Muito diferente da jovem patroa.

Certa vez, Dina viu sobre a mesa da cozinha um livro de fábulas de matriz africana. Tinha certeza de que era de Iolanda. Com o celular em mãos, Dina sacudiu o livro diante de Iolanda como um troféu.

— Vou mostrar para os meus pais, sua preta velha! Magia negra não entra aqui em casa!

— Antes fosse magia negra, menina, quem dera lesse um livro sequer para ter uma mente sã e melhores modos.

Milhares de pessoas assistiam pelas redes aos delírios à indignação da faxineira, que falava mais bonito do que deveria aos ouvidos delas.

— Vejam, gente! Mesmo sem estudos, ainda é adestrada nas palavras.

— Se tem coisa que sou letrada, é em educação, de tratar as pessoas. Não devia fazer mal a quem cuidou de você com tanto carinho!

— Você não é minha mãe. E, se reclama do bom e do melhor, volte para a senzala, preta velha!

E foi aí que um espasmo tocou o rosto de Dina. Porque as palavras que não devem ser ditas foram ditas mais uma vez. E isso tinha um preço. Diante da câmera, Iolanda tomou um ar imperioso.

— Menina Dina, a lição vem. Será ele quem virá e fará você sofrer com a imagem do mesmo casarão que a sua gente tem por pendão.

O vídeo foi interrompido com um deslizar dos dedos de Dina. Aparentemente sem forças, entrou em sua casa e dirigiu-se para a sauna. É porque Dina ouvia como num sussurro o tempo todo: "Volte para a senzala" repetia-se em sua mente como som de interferência de ondas de rádio.

Mas nada adiantou, mesmo a voz alta de seu cantor sertanejo favorito não fez efeito. Aí pensou na demissão de Iolanda, seria demitida, ah, por justa causa, por jogar mandinga, pensava Dina.

Saiu da sauna parando horrorizada diante de um espelho que mostrava a imagem nítida de um homem negro retinto. Seus olhos brilhavam como dois faróis amarelos. Era um sonho, pensou Dina. Mas a voz daquele homem era terrível e real.

— A dor, Dina. A cor, Dina! A dor da raça, Dina.

Aquela imagem fez Dina correr dali para o único lugar que a salvaria. Era certo que foi a "preta" da sua empregada quem havia criado essa coisa estranha nela, pensava. Diante da edícula que mais parecia uma casa festiva com vozes que cantarolavam lá dentro, Dina olhou para a lua. Linda, branca, leitosa.

— Se você tivesse essa cor, tudo seria mais fácil.

E de novo veio o espasmo. Dina não pensou duas vezes e bateu à porta. Quem a abriu foi Iolanda, que logo começou a ouvir os desesperados gritos e xingos de Dina. Terminado o relato, Iolanda voltou olhos de pena para Dina como se a jovem tivesse uma doença incurável, o que, para Iolanda, realmente era o caso.

— O nome dele é Dor-da-Raça, Dina. E ele vem hoje às 10 h da noite lhe ensinar que pela cor não se deve julgar e que a dor dos nossos de antes e de hoje se deve respeitar. Quando bater à porta, não hesite em abrir, menina. Não deixe essa chance passar. Não deixe.

Pela primeira vez em toda a sua vida, alguém batia a porta na cara de Dina. Amedrontada, voltou para casa. No silêncio de sua solidão, ouviu ainda mais nítida aquela voz do espelho, agora chamando-a pelo nome: Dina... Dina... Dina.

Dina aguardava o sono chegar. Debaixo dos lençóis intransponíveis, ninguém a importunaria. E então uma batida violenta pareceu estremecer todo o quarto desde a porta.

Ela ouviu uma voz advinda da porta. "Abra, Dina". A voz estava dentro do quarto. "Abra, Dina". Dina começou a chorar baixinho. Veio um longo e angustiante silêncio até que a voz ocorreu alta como se alguém falasse num microfone ao pé do ouvido: "Abra a porta, Dina".

Não era um pedido. A imposição fez com que Dina saísse debaixo dos lençóis. O que viu na janela antes vazia a tomaria de pânico pelo resto da vida.

Abraçado pelas cortinas esvoaçantes, havia um homem. O mesmo homem do espelho. Dina viu que estava acorrentado pelos pés.

— A dor e a raça, Dina — disse a voz que não entrou nos ouvidos de Dina, mas no corpo inteiro da jovem. — Ainda não tem a resposta. Mas venha, vou ensiná-la. Vamos ver se pela dor, ou se por respeito à cor.

Dina urrou que ele saísse de casa, que ela chamaria a polícia. Impassível, o homem ficou ali. De ar debochado, Dina dizia ser coisa de sua cabeça.

— Não teria capacidade mental para me imaginar, menina Dina. Nem o que posso fazer, nem a luz que venho conceder. Não, menina Dina. Sou bem real. Antes não fosse.

— Então quem é você e o que faz aqui?

— Dor-da-Raça. Meu nome é Dor-da-Raça. Venho para lições lhe dar. Fui convidado, Dina. Por quem deveria ter melhor tato. Fui convidado, Dina. Pela porta deveria ter entrado.

— Lições? Que lições?

— As de olhar a cor e sentir a dor. Diga-me: o que são essas correntes em meus pés?

— Você fugiu de algum lugar, só pode! É um marginal.

— Não, menina Dina. Elas pesam a dor da pele negra. Levo a dor de meu povo nestas correntes, e piso em quem não aprende o valor da vida dos meus ébanos resplandecentes. Minha cor é bela, Dina. Minha cor reinou por Eras.

— São só correntes. Um preto acorrentado, fruto da minha imaginação. Você nem existe!

— Existo. Já vivi um bocado mais de vida, menina. Um bocado pesado como estas correntes. Posso lhe assegurar que vivência é letramento de quem vivencia. Como a angústia é a vivência do sentimento ruim daquilo que não consegue se falar. Muita gente que vi nestes tempos viveu a angústia de não poder sequer olhar para uma pessoa de pele branca. Pensava que já fosse hora de as pessoas olharem para mais vida e menos preconceito.

— Não é preconceito, é o que você é, um preto.

Ambos somos pessoas, mas você pensa ser apenas uma cor sobre todas as outras. Isso é criado. Nós, antes disso, somos essência. Apareço para ensiná-la. Ou pelo amor, ou pelos artífices da dor.

— Escolho pelo amor, fazendo o favor. Com marca de luxo, não de lixo.

— Receio não ter escolha, menina. A forma como tratou a cor é sua dor. A forma como viu a cor é sua sentença. Seu jeito de erguer a voz para mim, uma conduta suja. Se a cor fosse na sua mente uma indagação tão somente, aí sim o amor levaria todas as suas dúvidas.

Não. Seu coração é tão branco que nem enxergar com clareza você consegue, de tanto que a cega, Dina. Não. Será pela dor.

E o foi. O Dor-da-Raça levantou-se, e o mundo fez-se noutro. Dina estava num supermercado de uma marca muito conhecida. Uma multidão gritava muitas coisas para o lugar de onde Dina tinha visão privilegiada. Era mais do que isso.

No chão à frente de Dina, envolta de pessoas enraivecidas, quatro seguranças imobilizavam um homem e ameaçavam-no com um cassetete. Dina não se apiedava do homem negro apanhar, até sentir no próprio corpo a mesma dor. Gritou por socorro com a voz dele, e as pessoas apenas filmavam. Sentia como se o corpo quase fosse quebrar. Uma lágrima desceu de Dina quando ela foi arrancada daquela dor terrível por uma mulher de cabelos cacheados e cheios. Dina tentou afastar a mão quando viu tratar-se de uma mulher negra.

A voz de Dina emudeceu. De volta ao seu quarto, o Dor-da-Raça observava-a com atenção e interesse pelo que viria a seguir.

— Sentiu a dor? Ainda é pouco, por mais doloroso que seja. Sua sentença também o silêncio, menina Dina, e entender a saudade dos clangores do tambor.

Desta vez o cenário se fez em uma praia paradisíaca abarrotada de caravelas escuras e pessoas acorrentadas. Todas negras e nuas. Entre elas, apenas um pequeno grupo de pessoas tinha pele branca e vestida. Dina percebeu olhar para aquelas pessoas com terror e incompreensão. Sentiu peso em seus pés, mãos e pescoço. Percebeu-se acorrentada. Seguia em fila única ligada pelo pescoço a outras pessoas. Dina era uma delas. E mais, sabia sofrer mais do que as outras acorrentadas por não ter forças ao poderio que invadiu sua casa e escravizou seu povo. Era a princesa com saudades de Angola. Então veio o banho que fez Dina chorar a saudade de além-mar, de ouvir os tambores. O banho, motivo de risos dos brancos, era de aguardente. Cobria os ferimentos feito fogo, e a princesa em Dina só queria esquecer aquela dor e sentir uma última vez os ventos dos ecos do tambor.

Seu quarto todo enfeitado reapareceu. O Dor observava-a com pena, pois lia nele que Dina tratava isso como uma prova a suportar. Enganava-se duramente.

— Seu coração continua cego, Dina. Nem sentindo a dor de uma princesa da glória de África pelos seus você pôde lavar essa mácula. Resta mais uma viagem, antes de saber se sentirá o peso destes grilhões.

O mundo abriu-se em palmeiras e uma campina alta numa noite muito escura apenas iluminada pelo fogo. Dina estava ajoelhada em milho rente a um toco reto, alto, e grosso o bastante para envolver os braços e pés completamente acorrentados. Os joelhos ardiam, mas nada lhe doía mais do que olhar à frente e ao alto. Como um promontório divino, erguia-se um casarão que simbolizava toda a dor de Dina. Também ali não tinha cabelos louros ou cor de pele clara. Era uma escrava, e carregava um bebê na barriga. Por algum milagre, Dina foi salva por outro escravo. O mundo virou borrões. Da rápida fuga da senzala ao abrigo nos quilombos. Liberdade. Um povoado. O bebê nasceu. O mundo e o tempo corriam a uma velocidade surpreendente. Gerações e misturas vieram. Gerações que a ligaram à sua própria mãe. Dina viu-se, por fim, como fruto da mistura de raças.

Ao voltar a si e ao quarto, a jovem chorava. O Dor-da-Raça mostrava a ela um porte elegante como o de um rei. Gentilmente, mexeu os pés na direção da jovem, que outro mundo sentiu em sua pele. Dina dirigiu-se ao espelho. O Dor esperava que a jovem dissesse "Graças a Deus", que tatearia o rosto branco, liso, sem ferimentos. Dina seria derrubada pela vaidade, pensava. O Dor preparava um novo peso aos grilhões, e um futuro terrível aguardaria pela jovem que nenhum tato tinha.

Dina aproximou-se do Dor-da-Raça com a cabeça baixa. Para sua surpresa e do Dor, que neste momento já tinha escolhido não enxergar o que falava o coração de Dina, a jovem ajoelhou-se.

— Eu entendo a dor. Eu entendo a dor. Eu juro que entendo a dor. Perdoem-me.

A jovem pedia perdão não ao Dor-da-Raça, mas a todos a quem fizera mal e pelos atos terríveis que outros fizeram antes dela. Sem hesitar, Dina beijou os pés do Dor-da-Raça. As lágrimas desceram pelo rosto da entidade, que carregava as dores do tamanho do mundo em seus grilhões. Dor transformou-se em muitos e muitos homens e mulheres negros olhando para ela. Não com raiva, mas com sorrisos. Viam no coração da limpa jovem a súplica pela chance de pedir perdão à Iolanda e aos outros de seus funcionários. Dina entendeu a dor. Dina curvou-se à cor.

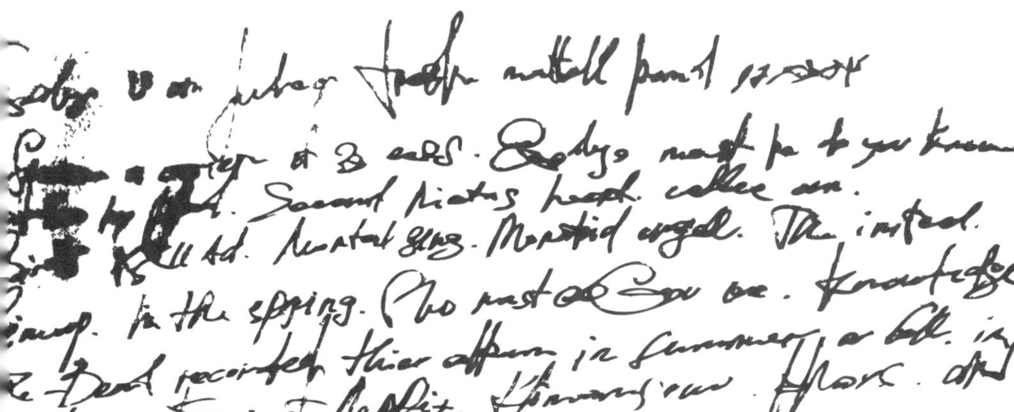

NOVAS LENDAS
NOVAS LENDAS
CONCURSO INVERSO DE CONTOS E CRÔNICAS 2023
NOVAS LENDAS
CONCURSO INVE
CONTOS E CRÔNI
NOV
LEN
CONCURSO INVERSO DE CONTOS E CRÔNICAS 2023
NOVAS LENDAS

NOVAS LENDAS
CONCURSO INVERSO DE
CONTOS E CRÔNICAS 2021

AUTORES

A. G. Markmann nasceu e foi criado em Teutônia/RS. Superou seus medos de infância por meio dos livros de terror. Com um pouco mais de coragem, escreveu contos inspirados em lendas urbanas e lançou a coletânea *Entre o andar dos ponteiros.*

Atualmente, divide o tempo entre escrita, música e o trabalho como professor de Língua Inglesa.

O caso do parquinho

Cléber Leandro Nardeli, sob o pseudônimo **Luka Kalu**, é analista judiciário do Poder Judiciário Federal, chefe do Cartório da 142ª Zona Eleitoral de Iturama/ MG, concurseiro, foi aprovado nos primeiros lugares de diversos certames públicos de grande concorrência. Publicou *Lukito e o crocodilo...Pum!* com o filho Lucas Leandro. Participou de dezenas de antologias de poemas e contos premiados em todo o país. Foi incluído no Catálogo Brasileiro de Autores Literários Contemporâneos, que reúne obras literárias (poesia, contos, crônicas, romances etc.) publicadas em livro — individualmente ou coletivamente — a partir de 1922, e que são consideradas como relevantes à cultura brasileira pela Mesa Diretora da Litteraria Academiae Lima Barreto, e pelos editores/pesquisadores da Pauta Literária BrLetras.

A lenda do Polegar

CÉSAR REIS/DIVULGAÇÃO

Marcos Morelli é formado em jornalismo, além de ser escritor e músico. Pela Opera Editorial lançou *Quantas guerras cabem em um mesmo coração?*, parte 1 da Trilogia do Abandono.

Já participou de coletâneas impressas da Chiado Books e do Selo Off Flip, além de ter lançado os livros digitais *33* e *Eu não tenho as roupas adequadas*. É aluno do Curso Livre de Preparação de Escritores (CLIPE) da Casa das Rosas/SP. Mora em São Paulo.

Um problema doméstico

Cupertino Freitas, natural de Limoeiro do Norte/CE, é mestre em Ciências Políticas e consultor de TI.

Autor de *Segredos que só eu sei* (romance, 2023), *Roupa lavada* (romance, 2022), *A harmonia dos Álvares* (contos, 2021), *Cidade Santa* (romance, 2020) e *Judas no paiol* (romance, 2018). Tem textos publicados em diversas coletâneas de contos, poesia e dramaturgia. Primeiro lugar no III Concurso Cuéntame un Cuento, da Universidade de Salamanca, e no II Concurso Literário do IFPB, segundo lugar do Prêmio Funarte de Dramaturgia 2021, teatro adulto – NE, e na segunda edição do Prêmio Literário 200 Anos da Independência.

Princesa do gospel

Anderson Padilha é natural de Sapiranga/RS e formado em Letras pela UNISINOS em 2021.

É autor dos romances *A Morte manda flores* (2018) e *O cúmplice* (2022), publicados de forma independente. Além disso, escreveu contos que podem ser encontrados na internet. Um destes contos, intitulado *A personagem* inspirou o curta-metragem homônimo produzido por alunos de cinema da FAAP. O curta está disponível no YouTube e o conto foi recentemente publicado em e-book na Amazon.

A tal loira do banheiro

Keli Vasconcelos nasceu em São Paulo/SP, em 1982.

É jornalista freelancer, fotógrafa amadora, arrisca-se em desenho, bordado e poesia. Autora do romance *Alguns verbos para o jardim de J.* (editora Hortelã, 2022), livro de crônicas *São Miguel em (uns) 20 contos contados* (2014).

Blog: http://keliv1.tumblr.com

Icas

Leide Freitas é natural de Capistrano/CE. Pedagoga.

Faz parte dos coletivos Poexistência, Escrevíventes e Mulherio das Letras do Ceará. Lançou as obras *Reflexões íntimas, A casa da colina e o mistério dos jovens desaparecidos* e *Em tempos de pandemia.* Também publicou as zines *Semi-eróticos* e *Renasço de todos os naufrágios* e o infantil *O diário de Sabrina – PAIC*, prosa e poesia.

Participa de Antologias e Revistas Digitais.

Instagram: @leidefreitas.escritora

Encantada

Gustavo Withers é professor de inglês e formado em jornalismo.

Escreve sobre cultura pop em www.gustavowautor.com, publicou uma história em quadrinhos na coletânea *Sangue no olho*, e um conto em prosa no livro *Estranho Brasil colonial*, ambos da Editora Draco. Pela Editora InVerso, lançou *A face do relógio*.

A pisadeira

Fernanda Emediato é empresária, escritora, editora, produtora cultural, produtora editorial, consultora, atriz e professora. Com mais de 27 anos de experiência profissional, ela se destacou em diversas áreas editoriais e culturais. Aos 9 anos de idade, escreveu seu primeiro livro, *A menina perdida*, e, desde então, já publicou mais de 20 obras literárias em língua portuguesa e outros idiomas. Ao longo de sua trajetória, teve obras contempladas em programas importantes, como o ProAC e o PNLD. Além disso, ela sempre priorizou a defesa dos direitos das crianças. www.fernandaemediato.com.br

O mistério do homem do porão em um mundo em colapso

Júnia Carvalho nasceu em Belo Horizonte e hoje mora em Ouro Preto/MG. É formada em Jornalismo (PUC Minas), especialista em Temas Filosóficos (UFMG) e doutora em Literatura pela PUC Minas, onde foi professora na Escola de Comunicação e Artes durante 22 anos. Cursou a Oficina de Escrita Literária com o Prof. Dr. Luiz Antonio de Assis Brasil (PUC-RS), em Belo Horizonte, e o programa da Escola de Escritoras, conduzida pela Profa. Dra. Débora Porto. É autora dos livros *Dora Ventania* (poemas, 2004) e *O rinoceronte e a bailarina* (novela, 2014). Participou de várias coletâneas e prêmios literários nos últimos anos.

Milena

Fernanda Klein é bacharel em Letras pela UFRGS e, desde 2008, trabalha como tradutora de inglês e revisora de texto. Começou a escrever em 2022, entrando em um curso de escrita de autoficção e em um grupo de escrita para mulheres. Esta é sua primeira publicação. Atualmente mora em Porto Alegre/RS com a filha Olívia e a cachorra Violeta.

A velha sem rosto

Henriq é uma espécie de escritor itinerante sem formação literária alguma. Escreve para triturar imagens.

O embrulho é a armadilha.

Parquímetro de céu quebrado

Daiane Pereira Rodrigues é de Colombo-PR. Escreve desde que tem memória e sempre foi apaixonada pela palavra escrita. É professora de português e espanhol formada pela UFPR e iniciou na literatura primeiro como tradutora, em 2011. Em 2014 começou a publicar seus primeiros textos, sendo autora do livro *Vassoura mágica* (2016) também publicado pela InVerso. Em 2020 ganhou o Prêmio de Jovens Pesquisadores na Fundação Maria de Paula de Ruiz Martínez, na Espanha, com a biografia de *Josefina Plá.*

O grilo de domingo

Halina Paganelli Silva é formada em Publicidade e Propaganda e mestre em Comunicação. Possui mais de 20 anos de experiência em criação de conteúdo como redatora, roteirista, escritora sob demanda e profissional de marketing. Apaixonada pelas palavras desde sempre, embarca agora em uma jornada de produção autoral, em que pode deixar transparecer seu estilo, sua personalidade e, por que não, até um pouquinho de sua alma.

A casa do vampiro no alto do Alto da Glória

Tiago de Souza nasceu em Belford Roxo/RJ. É professor com formação em História, Teologia e doutorado em Música. Foi o vencedor do concurso BATUKA! 2011 e segundo colocado no MAPEX Drummer of Tomorrow (2012, Alemanha), ambos como baterista. Como contista, além de publicar em revistas e antologias, foi um dos vencedores do concurso literário do Efeito Prisma (2022).

Ospés

Adaílton Almeida de Sousa é natural de São Caetano do Sul/SP, graduado em Direito pela Universidade do Estado de Minas Gerais e graduando em Letras pela Universidade Federal de Lavras.

Com sete anos mudou-se com os pais para Passos, interior de Minas Gerais, onde reside até hoje. Desde que foi alfabetizado, as bibliotecas e livrarias tornaram-se destinos inevitáveis. Ao descobrir a alquimia das palavras, passou também a escrever. Atualmente tem participação em diversas antologias no gênero prosa e verso, além de obras premiadas em concursos literários nacionais.

N.º 13

José Roberto Bernardino da Silva é cearense e autodidata, fã de *Naruto, Yu-Gi-Oh*! e heavy metal. Formado em Letras pela Universidade da Integração Internacional Afro-brasileira (UNILAB), começou a escrever quando iniciou sua carreira no teatro, escrevendo roteiros para suas peças; além de dirigir, também atuava. Criou o canal Tapiocaradiotiva no YouTube, onde passou a atuar no audiovisual produzindo filmes e web séries. É autor dos romances *O auto do cumpade Ciço* (originário do filme de mesmo nome disponível no canal Tapiocaradiotiva), *A estrela da manhã* e *Chuva de sangue*. Participou de diversas coletâneas que renderam várias publicações.

Huguinho, Zezinho e Luizinho

Íris Ribeiro é gaúcha da cidade de Canoas e tem alguns títulos publicados, sendo um deles na Europa, onde morou por dois anos. Sempre gostou de ler; a escrita foi desabrochando aos poucos nela e, com o passar do tempo, lhe proporcionou experiências que a tornaram uma pessoa melhor.

Atualmente é professora em uma escola pública e faz questão de compartilhar com os alunos o quanto a leitura e a escrita são importantes para que consigam realizar seus sonhos — assim como ela os realizou.

O barulho do vento

Vinícius Gonçalves Reis nasceu na gelada cidade de Campos do Jordão-SP, e tem licenciatura em Letras pela Universidade Federal de Lavras. É de sua autoria o conto *O sumiço da colher de ferro* pela coletânea Pirlimpimpim, da Cartola Editora, e assina o conto fantástico *A barca da garganta,* vencedor do prêmio da plataforma digital Trema. Trabalha atualmente na publicação de sua primeira coletânea de contos autorais, chamada *Contos rejeitados* e em outros projetos de literatura infantil e adulta, derivando sua escrita do poema ao romance.

O Dor-da-Raça

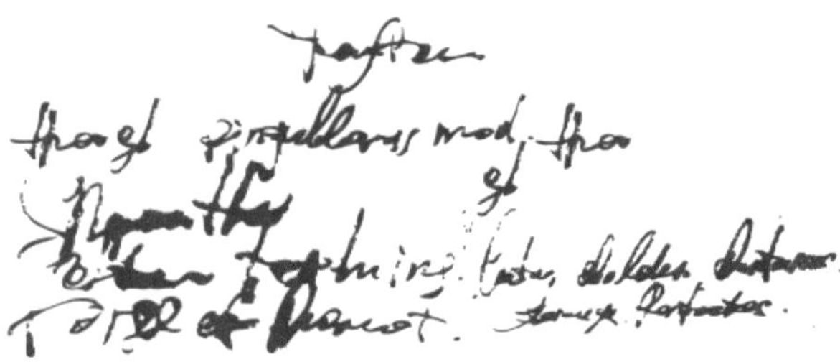

O SELO INVERSO APOSTA

Há sete anos, a Editora InVerso promove concursos de contos e crônicas, estimulando a criatividade de autores iniciantes e valorizando os que já são profissionais, englobando todos em obras de qualidade perante o cenário do mercado da literatura nacional. O selo InVerso Aposta foi criado para valorizar a promoção destes concursos a partir do ano de 2021, com a obra *Mais Vozes — Volumes 1 e 2.*

Os livros que compõem este selo, como é o caso desta obra, representam um processo editorial legítimo, desde a promoção do concurso, com o planejamento de uma campanha voltada para angariar participantes do mundo todo, até a seleção criteriosa da produção enviada e resultando em uma obra de excelente sensibilidade, com a alma brasileira.

Conheça nossas outras obras que levam a primazia deste selo.

CONCURSO INVERSO DE
CONTOS E CRÔNICAS 2023
NOVAS
LENDAS